以赤诚，以悲悯，捕获人间的诗意与美好

（序）

路静文

典藏

灵魂自有风声

中学生典藏版 c 朱成玉 著

山西出版传媒集团 山西教育出版社

·太原·

图书在版编目（ＣＩＰ）数据

灵魂自有风声 / 朱成玉著. -- 太原 ：山西教育出
版社，2024. 11. -- （名家作品中学生 ：典藏版）.
ISBN 978-7-5703-4246-4

Ⅰ．I267

中国国家版本馆 CIP 数据核字第 2024XP5269 号

灵魂自有风声

责任编辑　赵婧文
复　　审　刘晓露
终　　审　郭志强
装帧设计　薛　菲
印装监制　蔡　洁

出版发行　山西出版传媒集团·山西教育出版社
　　　　　（太原市水西门街馒头巷 7 号　电话：0351-4729801　邮编：030002）
印　　装　山西新华印业有限公司

开　　本　889×1194　1/32
印　　张　10. 5
字　　数　200 千字
版　　次　2024 年 11 月第 1 版　2024 年 11 月山西第 1 次印刷
书　　号　ISBN　978-7-5703-4246-4
定　　价　39.00 元

如发现印装质量问题，影响阅读，请与出版社联系调换。电话：0351-4729718

朱成玉，男，1974年生。中国作协会员，《读者》《特别关注》等杂志签约作家，教育部语文课题组专家，中、高考热点作家，鲁迅文学院第33届高研班学员，黑龙江省作家协会签约作家，七台河市拔尖人才，黑龙江省文艺奖获得者。现供职于黑龙江省七台河市新兴区人民检察院。

在各类杂志发表作品800余万字，多篇文章作为阅读题被多个地市选入中考试卷。《落叶是疲倦的蝴蝶》被选作2007年全国高考（福建卷）现代文阅读试题，同时入选《21世纪高校文化素质教育规划教材》；《一个夜晚的赌注》被选作案例收入全国高等职业教育"十二五"规划教材《思想道德修养与法律基础学习辅导》；《把生活变成诗歌》被牛津大学出版社（中国）欣赏，选入香港高中国语教材。出版有《一生只有七天》《给痛苦一个流淌的出口》《向美好的旧日时光道歉》等文集40余部。

任何时候，只要拿起朱成玉老师的书，心总会随着文字慢慢沉静下来，安定下来，就好像被春日里暖暖的阳光轻轻拥抱，又或者燥热里一阵沁凉的微风拂来。那种既踏实稳定又超离现实如在云端漫步，好似背斥却又如此融合的奇妙感觉，常常让我感叹沉迷，流连忘返。朱老师新书《灵魂自有风声》置于案头，依然是熟悉的温暖与感动，一遍遍徜徉其间，不觉窗外时光奔逝。

什么是好的文字？无论是流光溢彩还是朴实无华，无论是鸿篇巨制还是玲珑小品，直击人心且让人念念不忘反复咀咏的，一定都带着足够的诚意与良善，带着深厚的思想积淀与清澈的理性思考。《灵魂自有风声》，就是满积了美好文字的好书，让人忍不住一读再读，恨不得捞起文字里那些闪着细碎金光的暖意，为自己织一件抵御世间寒凉的锦衣。

其实，不管达官贵人或贩夫走卒，所有人的生活，都不是一帆风顺称心如意的，诚如朱老师所言："这生命，给了人多少欲说还休的无奈"（《大地写在空中的诗》）。"春风得意马蹄疾"是短暂的高光时刻，且不是人人都曾拥有，而"尘世难逢开口笑"才是人生的无奈写照。而在这样的疲惫生活中，选择什么样的姿势面对，展示着个体的精神风貌。是被失意淹没从而彻底沉沦，还是一遍遍挺起脊梁、从庸常中超拔自己，是两种不同的生命姿态。朱成玉老师通过文字示范，启示我们可以如何从普通平凡的生活里披沙拣金，为自己的精神锻造一间遮风避雨的小屋。

他把我们的目光引向那些常常被我们忽略的日常生活，常常被我们忽视的友爱亲情，告诉我们，幸福不在山高路远的彼岸，而是散落于我们周边的宝石，需要我们自己用慧心去找寻、擦拭和珍藏。他笔下已经退休在家却不得不重新披挂上阵，要赚钱替儿女还债的父亲，开着一个汽车修理铺，每天顶着花白的头发，修补着一个个轮胎，也加固着一个父亲对子女的关爱（《风是父亲的苦难》）；失明的母亲为了满足"我"想吃葱花饼的愿望，"瘦弱的身子在黑暗中摸索着，抖开面袋子、舀面、加水、和面"，又"指挥着父亲生火、抹油、撒葱花"，她"在黑暗里折腾了两个多小时，靠想象还原着自己的手艺"，就为了满足自己儿子"一个贪吃的念想"

（《难以逃脱母亲的法眼》）。还有祖父、祖母、妻子、小米粒儿……朱老师用心记录着这些生活里与亲人之间相互关爱的温暖片段，他们都是朱老师幸福感的来源，也是他提醒读者的温柔善念：登高望远或者疲惫低徊时，别忘了，亲人的目光是你永远的根，家人的关爱是风暴世界里的温柔港湾。

朱老师除了将自己生活里的点滴连缀成文，还把目光投向了大千世界，他的眼里有蚂蚁："一只蚂蚁步履缓慢地爬上一朵花的花蕊。"（《春天的十二种颜色》）有花朵："丁香花的个头极小，很单薄，但它们懂得抱成团，簇拥着，一串串，相扶相携。"（《丁香绕》）"虞美人，从来没有见过一种花艳丽如此却又给人娇柔可怜的感觉，那薄薄的花瓣，润滑如丝，每当我小心翼翼地拈下花瓣夹在书里，总会一不留神就弄破了它。"（《听一声虞美人的轻叹》）有小动物："狐狸奔跑着，小巧的爪子把山踏出了灵性。"（《山的鬓发间簪满了狐狸》）"有只越了冬的蜘蛛一出来就被冻僵在窗棂下，可它的触角还在挣扎着，一动一动的。"（《与万物耳语》）他心怀欣悦与热爱关心那些动物植物花朵，看云看山，像海子一样"关心粮食和蔬菜"。他不是在用拟人手法在描写这些生物，在他眼里，万物本就有灵且美，都是值得凝视和歌唱的存在。而他与万物的这种打破生存门类的对话，是与万物精神交合为一的默契，是自我的自在与拓展。

朱老师在检察院工作。公检法系统惩恶扬善，是社会系统得以维持常规运行的保护性屏障，因此，也可能比其他行业，也更多地见识了人性的阴暗与丑陋。朱老师在文字里曾委婉地提到过他的困境，他因职业的特殊性给家人带来不安的愧疚："我常常在外办案，更是让母亲放心不下，一颗心常常悬在嗓子眼儿里……我们成了母亲心中纠缠不断的结，令母亲在每个夜里辗转反侧。"（《失眠的海》）他经手过多少惊心动魄的案件，见证过多少暴露人性不堪的故事，任挑一部分写出来，必定都会是博人眼球的爆文。但朱老师不，他甚至小心翼翼，故意剔除那些猎奇性质的文字。他的笔和纸，是留存温情与美好的，就像他的信仰一样。所以，《捆绑苦难》一文中，他采访矿难中的幸存者，没有着力渲染那些不幸，只是记录了一种选择方式：一位同时失去丈夫和孩子的坚强女性，决定收养另一个失去父母的孩子，"把两个人的苦难捆绑到一块儿"，去应对突如其来的厄运。当灾难已经发生，逝者已逝，活着的人应该如何承接惨痛的命运袭击？不抱怨，不沉沦，从最朴素的生活原点出发，让生命呈现出它的坚韧和高贵。"她把院子收拾得干干净净，几盆鲜花正在那里无拘无束地怒放，丝毫不去理会尘世间发生的一切。那个失去父母的孤儿正在院子里和一只小狗快乐地玩耍。我如释重负般松了一口气，抬头就看到房顶的炊烟又袅袅地飘荡起来了"——升起的何止是炊烟，是被苦难绑在一起的两个人对未来的希望啊。文集中这样的事例很多。朱老师饱含悲悯之情观察世相与生活，并心怀热忱将之投注到文字之中，用一个又一个事例启发我们生存的奥义：生命就在此时此刻，就在我们与周围世界的关系之中。"我拿着话筒，我们在发声。我是我们的偏旁，我们是我的岸。"（《我是我们的偏旁》）珍惜每一个瞬间，以善良和友爱创造每一个瞬间，就是这无数的瞬间，串起了我们永恒的人生。

这些不带说教却又蕴含哲理与诗意的文字如同饱满的谷粒，颗颗带着阳光的温暖，滋养读者潜滋暗长出强壮的精神力量，引导读者向光亮的方向生长。《偏安一隅》里，朱老师深挚地坦白："我们经历的磨难，是为了能够让我们更好地安慰别人。""偏安一隅，并非避世，那是我在用我的文字，一遍一遍地祈祷，并以悲悯丈量人间。我坚信，生命是一场华丽的修行，在救赎别人的同时，也在救赎自己。"《大地写在空中的诗》里朱老师也同样强调："我习惯在稿纸上写作，别写废话，别无病呻吟，别矫情，写的字，要有光芒，要有悲悯之心，要有精气神儿。""我若写出让人心向善向上向美的文字，那感觉就仿佛在一棵树上，结下了慈悲的果实。"朱老师相信文字的疗愈与鼓舞力量，所以他以虔诚郑重的心态写作，既是对自己精神的锻造与梳理，更是对读者承诺与安慰："外面雪大风紧，暂且到我的诗里，避一避。"

文如其人，这大概就是朱老师的人生写照吧，真诚，温暖，诗意，善良，不关注宏大的社会政治叙事，但心怀悲悯关照体察个体真实的生存处境与精神状态。面对不可更改的外在环境，给读者示范如何向内求索，建设自己辽阔的精神疆域。如何在不确定的时代自己安顿自己，以自己的丰饶的精神生活方式完成一种可能，让个体光芒成为复杂时代的美好注脚。

《灵魂自有风声》内容分为四辑，第一辑"失眠的海"侧重于对日常生活的描摹，为身边的父母至亲留像。这是"我"生命的源头，是"我"之所以为"我"的缘由，是断无可避的尘世生活，有沉重的责任与叹息，更有烟火气息里的惦念与关切。在第二辑"与万物耳语"里，朱老师则把目光投向广阔的自然，与天空、大地、万物对谈，展示一颗带着无尽好奇的心灵对茫茫宇宙中万千事物的欣赏、悦纳，以及在这种心境下的无拘无束、自如自在。这一部分是由"我"观物，以诗心观物，则万物皆诗，本质上依然是自我的抒发。第三辑"芹菜的日常"是由"我"向外拓展，是经由与"我"的关系而"见众生"，由己与人的互动，提炼对生命的认识与思考。第四辑"一闪而过"侧重于对生存价值的哲理思索，对存在主体的探求与认知，是在前三辑由内而外基础上再度深入自我的审视反思，旨在完成精神的提升与超越。至此，本书开合为一，引领读者完成从生活出发到精神生命塑造的成长旅途。跟着朱老师这样苦心编辑的文本顺序阅读下来，就是一个拾级而上的阅读能力与生命认知能力的提升过程。

如果说要给打开这本书的中学生们提什么建议，那就是，请大家通过认真的阅读，向朱老师学习写作的要诀吧：修辞立其诚。同学们不必过多在写作技巧、修辞手法上苦心积虑花样翻新，也不必一定要背诵多少范文以求考场上东挪西用。阅读时张开耳目敞开心，认认真真潜入到文字中去，领会作者的诚心诚意。而写作时就老老实实打开自己，诚心诚意表达自己的喜怒哀乐，表达自己的感悟思考，自然就能像朱成玉老师一样，写出打动人心的文字。当然，最重要的是，要像朱成玉老师一样，满怀欢喜去创造自己的生活，去体验大千世界，让每一个日子如其所是，充满力量，充满阳光，这才是能够写出好文章的本源。

（作者系副编审，《语文报·青春阅读》主编，中国语文报刊协会写作教学专业委员会副秘书长，山西师范大学出版专业硕士研究生行业导师，国家二级心理咨询师）

CONTENTS 目录

第一辑：失眠的海

第二辑：与万物耳语

第三辑：芹菜的日常

第四辑：一闪而过

第一辑：失眠的海

我们的睡眠总是最舒适的，因为母亲是我们那些美梦的守护者。

....

母亲的心，是最浩瀚的海。大海无法入眠，因为她的心里装了太多的牵挂。

——《失眠的海》

十五岁那年丢失的帽子

十五岁那年，我丢失过一顶帽子。

那时候经济匮乏，人们都过着穷日子。巷子空空，人们都在劳作，包括上了年岁的人，也从不虚度。他们总是会找到一点儿赚钱的门道，贴补家用。祖父是个脑子活络的人，不知道通过什么渠道，揽了一些简易的手工活。有一天扛回来一个大麻袋，打开来，全都是一次性筷子。这样一大包筷子包装好了大概可以赚到五块钱。那个时候，父亲一个月工资是九十八元，按照这个比例，算是很不错的一笔收入了。我们去帮祖父，祖父不让。他总说："别耽误你们学习，这点儿活我自己能搞定。到时候给你们买糖吃。"祖父没骗我们，他经常买一点儿散装的橘子瓣糖给我们，那是我们贫瘠的时光里为数不多的甜蜜。

在昏暗的灯光下，祖父就整夜整夜地劳作着。每次把包装好的筷子送回饭店之后，他都喜欢带上我们去逛集市。那时候集市很大，从这边走到那边要走上一个多小时，吸引我们的除了热闹的人群，还有各种杂耍和小吃。我和哥哥姐姐像"土包子"一样跟在祖父后面，东张西望，看啥都新鲜。路过小吃摊的时候，祖父给我们仨每人叫上一碗炸酱面，上面淋着一点儿香油，撒上一把葱花，真叫一个香啊！祖父慈爱地看着我们小狼一般的吃相，但他自己的肚子却饿得咕咕叫。

就在此刻，我见到了那顶令我迷醉的小礼帽。那时候电视剧《上海滩》正深入人心，年轻人对周润发饰演的主人公崇拜得很，对他的礼帽和白围巾更是爱得深切，我自然也不例外。我的目光就像被胶水粘住了一样，盯着这顶帽子，生怕它消失。这些，祖父都看在了眼里。我是他最小的孙子，他对我自然格外宠爱了一些。果然，第二天他就把这顶帽子买了回来，对家人们说："我给自己买了顶帽子，戴着小，给三儿戴吧，他脑袋小。"说完冲我挤了一下眼睛，我自然心领神会，开心极了。这顶帽子标价五元，这可是需要祖父熬上好几个通宵，包装整整一麻袋筷子才能赚来的钱啊！可是仅仅三天之后，我就把它弄丢了，具体丢在了哪里，无论如何也想不起来，总怀疑是被同学偷走了。

我茶饭不思，不仅仅是心疼我的帽子，更是对祖父深深地愧疚。祖父却没有责备我的粗心，反而摸着我的头说："没有真凭实据，咱可不能怀疑自己的同学，这样，会把心拉远。

帽子丢了就丢了，但是不能丢掉同学之间的信任。"

祖父的宽慰，让我愈发愧疚。以至于在这之后好多年的时光里，我都会梦见自己寻找帽子的情节。遗憾的是，每一次寻找都无功而返。

临近年关，祖父被检查出胃里长了不好的东西，医生告诫至少三个月不能沾荤腥，不许喝酒，也不能吃肉。马上就过年了，母亲犯了难——祖父不能吃荤，年夜饭如何做呢？她把困惑说给了父亲，父亲也犹豫不决，有荤腥吧，祖父又不能吃，看着馋，没有荤腥吧，这孩子们都望眼欲穿盼着呢！最后，父母的困惑让祖父得知了，祖父说："你们想吃什么就吃什么，别管我。孩子们一年到头就盼着这顿年夜饭吃点儿肉解解馋呢，快做给他们吃吧。不要因为我一个人，扫了全家人的兴致。"那一年，祖父并没有因为自己的病而悲伤，照例给我们买了很多爆竹，甚至比往年还要多一些。

趁祖父不在的时候，父母对我们兄妹几个说了祖父得病的实情，我们忽然感受到一种难以自抑的悲伤。母亲问："如果年夜饭一个肉菜也没有，你们会不会怪我？"我们当然知道母亲的心思，尽管小孩子嘴馋，但总还忍得住。何况母亲的厨艺精湛，即便是素菜也能做得很好吃。所以，我们虽然心有不甘，但还是动作一致地点着头同意吃素。

不仅如此，我们还帮着母亲在厨房忙碌起来，父亲帮忙布置桌椅，姐姐帮着泡木耳，大哥帮着添柴火，二哥帮着炸春卷，我帮着切西红柿，一家人忙得不亦乐乎。

无鱼无肉，那一桌的年夜饭很是清淡。虽有遗憾，但我们照样吃得津津有味。为了不勾起祖父的酒瘾，父亲也滴酒未沾。祖父看着满桌子的素食，当然知道这一切背后的深意，他的眼中有泪水闪现，他看着父亲和母亲，看着我们一家人，或许是想到自己不久于人世吧，他的那种注视里，含着无比浓烈的不舍之情。

我们一家人陪着祖父一起吃素，那是一家人的相濡以沫。那一餐年夜饭，餐桌上没有荤腥，只有人间烟火。

祖父过完年不久就去世了，还好，没有遭太多的罪。临终的时候，他紧紧握着我的手，把仅有的体温全部流向了我，就好像武侠小说里那些绝世高手一样，固执地要把毕生功力传给后人。他无比虚弱地对我说："三儿，怪爷爷穷，没能给你再买一顶帽子，你那么喜欢……"

这就是为什么好多年，我一直都在做那个关于寻找帽子的梦的原因，因为我苦苦寻找的，并不仅仅是一顶帽子，还有一直忘不掉的，我父亲的父亲。

一棵长在祖父肩头的树

那其实是一棵长在祖父坟上的果树，但我更愿意这样形容——它长在了祖父的肩头。

那一年，我八岁。异常久远的童年，却是无比熟悉的画面——放学回到家，书包一扔，扎进厨房，掀开锅盖，头伸进锅里，屁股朝上。吊顶风扇慢悠悠地转着，水壶里的水煮沸发出"呜呜"的声音，父亲急忙过去提起壶柄，放凉之后又是一个夏天。

父亲领着我去给祖父上坟，坟上有一棵果树，树上的乌鸦，似乎在与睡在地下的祖父交谈，具体交谈的内容无从知晓，只知道它时而欢愉，时而悲伤。树上结了几颗不大的果子。树不高，但我的个头显然是够不到。我嚷嚷着要吃那树上的果子，父亲说："爷爷的坟不能踩，不然爷爷在地下该不高兴了。"我就哭，那野果子也不见得多好吃，可那天就很执拗地非吃不可。父亲没办法，说："好吧，那就踩吧，但愿你爷爷不要怪罪。"父亲把我举了起来，放到他的肩膀上，然后他站在爷爷的坟头上，我很轻易就够到了果子。如果用超现实笔法画出来，这画面就是——父亲扛着我，而地下的祖父，扛着父亲。

生命和爱，就是这样传承下来的。

我的大侄子是在祖父去世的那年出生的，这多少让父亲得到些许安慰，因为家里的人数没变。岁月使人间删繁就简，也使人间生生不息。

父亲慢慢变老，慢慢切换成祖父的姿态。

中秋节单位加班，没能回去陪父亲，我给父亲打电话，父亲说："你们都不在，猫在陪我吃月饼。"

父亲在电话里说，"老天才"死了。"老天才"是那个特殊的年代造成的令人唏嘘的悲剧。年轻的时候，他考取了首都一所很有名的大学，却因为"成分不好"被大队里的"革命派"压着，不让去北京念书。一个天之骄子就这样被扼杀掉了。"老天才"一辈子郁郁寡欢，在村子里混着日子。不知道是他心有所属，还是眼里容不下庸脂俗粉，他没有娶妻，打了一辈子"光棍"。他心灵手巧，编的簸箕精巧异常，但他也不卖，谁来要就给谁，大方得很。有一年村里来了个瓦匠给人盖房子，他去当小工。只打了三天下手，就偷着把瓦匠活全都学会了。

这可是考上了好大学的高材生啊，就这么窝在山沟里，真是可惜了。父亲每次提起他，都会忍不住地发出一声叹息。所以，父亲打死也要让我把学上到底，他总说不种地的人才会有出息。当时我不明白，我们吃着自己种的粮食，却为何瞧不起我们自己。当我前途渺茫，打退堂鼓的时候，父亲和我吼起来："我这辈子注定了是插在这土里的草，你不是，你也不可以是！"

后来我慢慢理解了父亲，他只是想把我推往更适合我的地方去。

比他年轻的人，去了远方；比他老的人，去了更远的远方。

父亲有父亲的孤独，烟囱不冒烟了，不烧煤了，什么都用电——用电做饭，用电取暖，用电照明。可是不冒烟的烟囱，忽然就冷清了，麻雀在那里抱窝。

什么都好。只是，不知为何，有一种孤独，蔓延开来。

从没见过父亲这样，以劳动养家糊口，又以劳动为乐的人，忽然停滞下来，像一副齿轮忽然就生了锈。

此刻，他就像一个潜伏在人间的绝望者。六十岁的时候，用光了汗水；七十岁的时候，用光了眼泪；八十岁的时候，用光了所有的光明，退回到黑暗里，退回到自己出生前的海水里。

我还记得有一位北漂青年将父亲和自己的脸通过摄影和修图技术呈现在一起，创作了作品《父子》。属于父亲的半张脸，满是岁月痕迹；属于自己的那半边脸，眼神迷惘又略带固执。两张脸叠合在一起，三十年的时光仿佛被抚平。两张脸极为不同却又极其相似，像一个人的两副面孔。这幅作品令人感慨，世事沧桑，唯愿父子可以相互读懂彼此。

春节前的某一天，阳光暖得让人有一种错觉，以为是季节的错乱，冬天里竟然插播了一条夏天的广告。

父亲对着久违的影子发着愣，好像在说，好久不见。

在这个冬天里异常温暖的日子，阳光白花花地照着，毫不吝啬自己的光芒，像一个亿万富豪突然大发慈悲，把大把的钞票撒得满地都是。人们纷纷走上街头，慨叹这忽然变暖的一天，会不会是全球变暖的征兆？而后又释然，何必杞人忧天，好好享受这阳光明媚的一天吧。

父亲的屋子许多年都是同一个样子，祖父的照片还挂在墙上，没有人知道，我们不在家的时候，祖父也许会从照片中走出来，帮我们把生活中一些看不见的灰尘，一一抹去。

那天夜里下了雪，断断续续的，像父亲年轻时留给我的白衬衣，褶皱丛生，怎么熨也熨不平。

我给父亲盖了盖被子，他竟是醒着的，他说，人老了，皮厚，不怕冷的。

我无意间问起祖父坟前的那棵果树，父亲说果树还在，只是很难寻到果子了。那是我们家的祖坟，迟早有一天，我也会将父亲安葬在那里。那棵树，也终将长到父亲的肩头。再往后，我也会死去，我的孩子也会把我安葬在那里，我想，那个时候，这棵树也会长到我的肩膀上。

白天打扫，夜里祈祷

祖母走后，所有的光亮都减了一半。

从此，我总是喜欢躲在黑暗里哭泣。白天，拉上厚厚的窗帘，夜里，关闭所有的灯。

坚强的父亲摩挲着我的头，让我不要太过悲伤。白天，他为我拉开窗帘，让阳光赶跑暗；夜里，他为我打开灯，让灯光吃掉黑。

"为奶奶祈祷吧，"父亲说，"用你的祷告为她铺一条平坦的通往天堂的路。"

"嗯！"我含泪应着。我知道，一直宠爱我的祖母，是不希望我居住在生活的阴暗面的。

祖母是个勤快而干净的人，干净得似乎有了"洁癖"。她很少闲下来，一天之中，大部分时间手里都拿着扫把，扫地成了她乐此不疲的"娱乐"。她与灰尘势不两立，总是拿着一块抹布，东擦擦，西擦擦，把屋子里拾掇得窗明几净。小时候，看着祖母不停地做着家务，总是突发奇想：扫地的扫把会累吗？擦玻璃的抹布会疼吗？小孩子的心思就是怪，不心疼祖母，却心疼一只扫把，一块抹布，甚至天上的一朵云。"奶奶，我把那朵云摘下来，给你当抹布好不好？"那是孩提时自以为是的笑话，说完便"咯咯咯"地笑个不停。祖母却不笑，她说："要把它留在天上，不然天空该脏了。"

祖母的命运，就像一只无底的杯子，从来没有填满过一次。

在那个年代，祖母被冠以"扫把星"的名号，"扫把星"都是"克夫"的，嫁给祖父之前，她已经接连"克死"了两任丈夫，且都没来得及留下后代。而最后，祖父也没能逃脱被她"克死"的命运，婚后便被征兵去了前线打仗并死在了战场。所幸祖母给祖父留下了唯一的后人，也就是我的父亲。

打此之后，祖母也开始怀疑自己的命运。的确，自己就像对扫把"情有独钟"一样，每天都会不自觉地拿起放下，放下拿起，难不成自己真的是"扫把星"吗？她似乎认了自己"克夫"的命，再没有改嫁，专心养育我的父亲。她靠给别人洗衣服、糊纸盒维持生计，甚至去捡垃圾，当乞丐，直到把父亲养大成人。父亲一寸寸地长起来，祖母便一寸寸地矮下去，直到生命的消亡。

父亲说，日子再苦，他看到自己母亲的脸上，也总是闪着愉快的光。

祖母的苦，就像她衣服上的补丁，一块接着一块。可是祖母衣服上的补丁，却并不难看，相反，让人喜爱。那是我最早佩服祖母的地方，因为她能将补丁缝补得如艺术品一般，让衣服上的一个个漏洞转眼间变成一朵朵莲。我想，她对待衣服上的"洞"，一如对待自己的伤口吧，那些揪住她不放的苦，咬着她，让她千疮百孔，可是她懂得用一个个坚强的笑脸去缝补它们。

祖母一生都在不停地打扫，我想，那大概是她在努力打扫时光里的苦楚，擦拭命运里的阴霾，使一个个日子变得明亮而欢快。

祖母走的时候，背驼得几乎快挨着地面了，她在无限接近大地。这个不肯在命运面前下跪的人啊，一个躲闪不及就埋入了荒丘。

在祖母的墓前，我们放了一只扫把。我们每次来，都会把她的墓地打扫得干干净净，我们知道，祖母的一生，与灰尘为敌。因为她是一个"扫把"，是"地面的云"。

而云，是天空的扫把。

祖母走后，母亲辞职回家，接替了祖母的活计，母亲一直打心眼儿里看不惯祖母的"洁癖"，可是现如今，她的身上却越来越多地有了祖母的影子。只是住进了楼里，很少再用扫把了，经常映入我眼帘的影像是，母亲如一个奴仆，跪在地板上，擦拭着一地的碎语流光。

母亲继承了祖母的干净利落，使得家里的物什总是闪着亮晶晶的光。我知道，那光里，亦有祖母的灵魂。这两个伟大的女人，正在将干净温暖的日子一脉相传。

如果有人好奇地问我，你为何如此快乐，你过着怎样的生活？我想我会怀着幸福的心告诉他：白天打扫，夜里祈祷。

白天可以仰望云朵，夜里可以看到月亮，这就是最简单的幸福了。

云的使命，是让天空变得干净。月亮的使命，是让人间变得柔软。不停打扫着天空的云，常常会滴下疲惫的汗水来。惨白的月亮也见证着自己的劳苦。现在你该知道，让那些有着暗影的心一寸寸变白，让那些僵硬的心一寸寸变软，是一件多么艰辛的事。

"白天打扫，夜里祈祷，那岂不是修女一般的生活？"好奇的人不置可否。

我说是的，这样的生活，看似枯燥无味，却在使这个世界变得洁白、纯净。白天因打扫而干净，夜晚因祈祷而温暖。

现在，想念祖母的时候，我就会抬头望天，看那一朵朵云。祖母在天上，肯定改不了爱干净的癖性，她肯定变成了一朵云，去做名副其实的"扫把星"了吧，她在天上忙着打扫，让天空一尘不染，甚至不留下鸟儿飞过的痕迹。

的确，祖母有必要留在天上，不然，天空该脏了。

祖母是一片不知愁的落叶

门半开半闭，如秋之眸。

立秋了，吃过这些饺子，眼前的一切就都变成了夏天的遗骸。它们齐刷刷地排列在你的视野里，令你无力躲闪。比如树上那些坚守到最后的果实，健康地存活下来，把完美的心一直留到晚年。这已经是个奇迹，我们还有必要担心它"晚节不保"吗？深秋的葡萄，像含冤的眼睛，虽然被秋霜凌辱，却依旧鲜亮，晶莹剔透，闪着不肯谢幕的光。

阳光不再蹦蹦跳跳，像顽皮的孩子一下子变成了少年，一下子就有了心事。阳光开始为那些在秋天里哀愁着的人工作了，为他们摊开伤心的绿，晾晒着寂寞的红。

其实天气还没变，一如往昔，艳阳高挂，心却不知不觉间有了凉丝丝的感觉。因为叶子落了，曾经的青春不复存在，流行歌曲里照旧挥霍着用之不竭的情感，但任凭沙哑的歌喉怎样声嘶力竭地挽留，青春都不再回头，你能做的，只有默默地清扫这满地狼藉。

也有不知愁的叶儿们，它们调皮地打着旋儿，姿态优雅，把生命中的大去当成一次惬意的旅行。

怀念祖母，是从一片叶子开始的，秋天的叶子。

叶子上错综复杂的脉络，像极了祖母的皱纹，但祖母并不悲伤，祖母的额头经常是金光闪闪的，阳光喜欢在那里安营扎寨，那令人愉快的微笑常常使她的皱纹像是在跳舞。

在我的记忆里，祖母总是拿着扫把，试图把所有的哀怨清扫干净，只留给我们无忧无虑的鸟鸣。

祖母在那些落叶里不停地翻捡，把中意的握在手心。祖母喜欢收藏落叶，这个习惯终生未曾改变。这个习惯让我感觉到，祖母永远不会衰老下去。

我在祖母的书里看到过那些落叶。祖母喜欢看书，她的书里总是夹着各种各样的落叶，仿佛是她为自己的青春留下的标记。每一段青春，都是一片叶子，那些青春的遗骸，无法言说的旧日时光，成了书签，丈量着一本书的里程，时刻提醒着你，哪些情节需要重温，哪些句子需要再一次被爱抚。

我从来没有见过自己的祖父，父亲告诉我，祖父和祖母结婚一年后就去从军了，再也没有回来。作为军烈属的祖母受到了很多人的尊重，然而却没有人可以安抚她内心的苦痛。祖母习惯在那些叶子上面写字，一句半句的，大多都是哀婉的宋词。我想那是祖母用她自己的方式怀念着祖父吧。每年清明的时候，我就会看到祖母去祖父的坟前，把那些写了字的叶子铺满坟头，景象灿烂而华丽。这么多年，我没有见过祖母掉过一滴眼泪，但我知道，她的心就像是蓄了雨的云，轻轻地挤一下，就会泪雨滂沱，只是别人无法看见——祖母的眼泪，只居住在她自己的云里。

不管天气是好是坏，祖母总是会大声爽朗地笑，祖母的苦难像一座山，把她的脊背压弯，却压不弯她热爱生活的心。

在那些叶子上写字的时候，祖母总是小心翼翼的，仿佛怕碰坏了一份念想。写上了字的叶子，就如同被装上了灵魂，重新活了过来。我想只有祖母懂得那些落叶，也只有那些落叶懂得祖母，她和它们惺惺相惜，彼此嘘寒问暖。

怀念祖母，是从一片叶子开始的，替那些果实遮过荫凉，从枝头跌落，背井离乡的叶子。

祖母在秋天的离世毫无征兆，只是那一天刮了很大的风，院子里的那棵老柳树稀里哗啦地掉落了所有的叶子。其实，也只有风能让叶子喘息或者感叹，在叶子的生命中，风往往扮演着接生婆和送行者的双重角色，所以叶子的心思只和风说，它只和风窃窃私语。

落叶也有遗言吗？在离开枝头的刹那，它和风都说了什么？谁听过它们交代的后事？

那些齐刷刷掉落的叶子们，是去陪祖母了吗？

我想，如果祖母是落叶，那么风一定是祖父。他们之间，有那么多缠绕不清的爱意。

　　我的祖母，一片写满诗句的落叶，一片不知愁的落叶，把生命中的大去当作一场旅行。

　　落叶从不惊叫，哪怕你踩到它的脊背。不像雪，不论你走得多轻，都会在你的脚下呻吟，仿佛踩碎了它们的骨头。

　　落叶从不惊叫，哪怕再多的苦难，它都只是去和风窃窃私语。

　　我似乎听到了落叶在说：等我，来赴一个灿烂的约会。在此之前，请好好生活，各自珍重！

虚构的祖母

　　我的祖母已去世多年，无论多少次梦到她，似乎她都不肯迈回门槛半步。记得她曾经说过，逝去的人不可回返，哪怕是梦里。不吉利。

　　可我想她，很想。只好虚构她还活着。

　　我蘸着泪水擦拭她的相框，希望可以为她续上呼吸，让她的微笑在轮回里生生不息。

　　记忆里，祖母有个特定姿势，就是将一些散乱的柴火捆扎好，码放在厨房一边。就仿佛把旧日子一捆捆地绑起来，堆放在记忆的墙角，等待一把火将它们付之一炬。

　　另一个姿势，就是她挥舞着一把大扫帚，把院子里的尘埃都清扫干净。祖母爱干净，偶有风来，她会高兴地说，风也是可以帮她把院子吹干净的。

　　夏天的蜘蛛疯狂地编织捕虫的网，祖母却总是热衷于捣毁它们，毫不留情地用扫帚给捅掉。有一次，我看见一张蛛网上面挂着雨滴，忽然有些心疼，觉得蜘蛛这种执着的精神让人感动。和祖母说起这些，她没应声，但那以后她便很少再去捣毁了。

一把年纪的祖母，始终操心着季节的变换。夏天，她会对农田里忙碌的儿子说："冬天快点儿来吧，那样你也好猫猫冬，歇一歇了。"而冬天到来，她又会一边给我的手抹冻疮膏，一边说："该死的冬天快点儿过去吧，看把俺孙儿冻成啥样了……"

早年间祖母说过的那些话，像一盏风铃挂在屋檐上，日日摇曳，夜夜叮咛。

祖母喜爱莲子，常在熬粥时放几颗，也不抠掉莲心，说吃点苦可以让味觉变得敏感，对食物更有热情。所以，每到秋天，都能看到她去荷池采摘莲蓬。

一朵莲蓬上，每一颗清苦的莲子都独居一室。莲心是苦的，却在谢落一身芳华、再没有了窈窕身姿之后，将独有的香氛传递给世间凡人。我唯心地认为，莲子之所以不腐，并非因为它的坚硬，而是因了它的慈悲。

这一切，都像极了我的祖母。

初秋的街头，卖莲蓬的人，顺带了一塘的荷香，在城市的街道上，融入最寻常的烟火里。祖母用心挑选着，像在找寻失落于前世的自己。

此刻，我虚构祖母还活着，来疼爱我们。虚构的祖母行走在我的文字里，我小心地措辞，生怕哪个不恰当的语句把她绊倒。

我愿这尘世的沧桑，永远不爬上她的额头；愿那风一直吹着，让芜杂和灰尘永不落地；愿她那双剥着莲蓬的手，能透着一丝丝的香甜的气息。

祖母总担心我们凉着，便缝制些小垫子，让我们垫在屁股下面。领她去集市，不规范的小摊货满满一地，上了年纪的老太太，仍能灵活地绕开。祖母害怕钟表，总说那里面住着怪物。她是不是因为自己已经衰老得摇摇晃晃，才在内心排斥那座老迈的挂钟里，无情的指针仍在一圈圈地行走呢？

去世之前，祖母曾经走丢过一次。派出所的民警说，老太太一个劲儿重复说着两个数字：四和二十三。他们像破译摩斯密码一样，按照当地的身份证编码输入这两个数字，通过筛选和比对，最后锁定了我的父亲——祖母还记得自己孩子的生日。在一切都停滞、冷却之后，唯有那颗爱子的心永远不变地温热着。

我虚构祖母仍活在世间，活在我的身边，当我深夜里埋头写作时，还会被她唠叨：熬夜伤身体，快去睡觉。我乖乖听着，如同一个孩子。

晚安，我亲爱的祖母。

一根叫父亲的骨头

父亲瘦了一辈子，从来都没有胖过，像一根立起来的骨头。

母亲糖尿病并发症导致了眼盲，只好由父亲来照顾，一辈子没做过饭的父亲，开始学着做饭。我提出接他们去楼上住，父亲不肯，说楼上不方便，住着平房可以每天带母亲出去晒晒太阳。他让我们放心，说他可以照顾好母亲。不论我们怎样劝说，他都不为所动。父亲一辈子都这样，倔强得很，用母亲的话说，那是一根倔强的老骨头。

妻子和我说："有时候看你爸爸弯着腰点炉子半天直不起腰来，就那么弓着一路走进屋子。我心里可不得劲儿了。前半辈子弯腰为儿女，后半辈子弯腰为老伴儿，从来都没有时间是为自己而活的，他这是没有自己的一辈子啊！"

父亲退休前，一直是工厂里的车工，每天弯腰在机床前，一站就是四十多年。

　　我曾经勾着他的脖颈，把他当一棵树上下攀爬，也曾把他当成秋千架，惬意地晃荡，那时候他还年轻，站起来依旧笔直，可是，岁月却和万有引力合谋将他压弯。

　　再倔强的骨头也有弯的时候。

　　父亲一直瘦着，现在想想，他又怎么能够胖得起来呢。从小到大，家里的经济条件一直不好，母亲身体差，没出去工作过，一家六口人都指望着父亲那点儿微薄的工资，每月的口粮不等到月底就吃没了，父亲总是托人和粮店的人说好话，把下月的粮食提前支出来。在我们这些小"豺狼虎豹"面前，父亲怎么能吃得上一顿饱饭！

　　这根倔强的骨头，一直都是硬邦邦的，这大概就是我不喜欢让他抱的原因吧。我清楚地记得，小时候有一次放学回家，父亲在门口张着树杈子一样的双臂做拥抱状，我却从他胳膊底下"嗖"地一下钻了过去。"小兔崽子！"父亲骂了一句，悻悻然跟着进了屋。后来才知道，那一次，父亲在单位得了劳模奖，奖励得了一个大猪头，那是他表达快乐的方式，可是我却扫了他的兴致。

　　这还是一根险象环生的骨头。父亲这一生做过太多惊险的事情，上山砍柴，砍到了脚背，骨头都露出来了，所幸及时送往医院才保住了右脚。还有一次，中指被车床绞到，皮开肉绽，伤口愈合之后，右手的中指就永远打不过弯来了，总是那么直愣愣地伸着，我都替它感到累得慌。

父亲手巧，闲暇时会做点儿灯笼卖，多少可以贴补一下家用。可他毕竟时间有限，做得不多，都是事先订好了给谁做就是给谁做的。一个有钱人出了好多倍的价钱要买父亲预定出去的那只灯笼，父亲回绝了，不卑不亢地说："人总得讲究个信用，不能你钱多就坏了规矩不是？不然这世道怕是要乱了套吧。"

那一刻，我觉得这世间，只有一个词可以配得上父亲，那就是骨头。有骨气而且讲诚信的骨头。

那一年，我的叛逆让他头疼，我的逃离令他神伤。他将所有的脚印放出去，天涯海角去找我。深夜，他把脸伸进晚秋，清晨转过身来，须发皆白。

我看见了雪白的骨头。

有一次，父亲问我对死亡的看法。我想了想说，人死了，万事皆休，什么都没有了。父亲说："也不尽然，你爷爷死后，我从炉膛里还捧回了四捧骨灰，热乎乎的，似乎还带着活着时的体温。"

听到这些话的时候，我的内心是酸楚的，我不敢想象，将来的某一天，父亲离我而去，这根老骨头，会变换成多少思念的骨灰。

如若父亲不在了，还有什么可以让我称之为骨头？

看过一则新闻，浙江一位八十四岁的老人陈某，几年前他四十五岁的单身儿子被查出尿毒症，为补贴药费，他到田野割野菜，每天凌晨三点蹬三轮车到二十公里外的菜场卖菜，饿了啃馒头，买瓶水也舍不得。一天挣四五十元，他不放弃，他说："只要我这把老骨头还能动弹，就给儿治病！"

又一根倔强的老骨头！

有一次一个朋友问起我父亲的年龄，我一下子愣住了，先想到父亲是属蛇的，然后再一点点推算出他的年龄。为此，我深感愧疚，父亲不光把我的年龄，还把我的生日、我的生辰八字都记得牢牢。有人问起，他从来不会打奔儿，总是脱口而出。

从今天起，我不光记住了这根老骨头的年龄，还记住了这根老骨头的重量。

父亲睡着了，小小的一团骨头。我替他盖着被子，看到那根永远向前伸着的中指，像个站岗的士兵，没有人来换岗，只能一个人站在那里，直到永恒。

那是父亲身上更为倔强的一根小骨头。

风是父亲的苦难

起风了。我与风并无恩怨，只是，它的每一次到来，都会吹落我心头的泪水。我的泪水为父亲而流，我一生的泪水中，父亲，是最大的一颗。

风，对着一棵树推来搡去，像推搡一个人的命运。那棵树像父亲，看着瘦削，却苍劲有力，我们是他的儿女，作为一根根枝条，健康地成长，向着不同的方向。

记忆中，父亲从来都是不惧怕风的，再大的风都没阻挡过他回家。

起风了，炊烟醉了酒一般东倒西歪。邻居家菜肴的香味飘进来，父亲咂咂嘴，似乎就着这香味就可以下饭了。别人家的好味道可以刮进来，别人家的好日子却刮不进来，别人家的好味道只会让父亲碗里的咸菜更咸。

风总是围着父亲打转。忙着在父亲的脸上雕刻沧桑，忙着在父亲的手掌堆积老茧，忙着在父亲的头发里掩埋霜花……父亲无法阻挡那风，我们也没有办法。那么肆无忌惮的风，就像刻意蹂躏父亲的命运，但是父亲始终挺立着，尽管背已微驼。

风像鞭子，抽打着父亲这个陀螺，一生都无法停止劳作。因为决策失误，我和哥哥一起经营的公司倒闭，还欠下很多债务。退休在家的父亲不得不重新披挂上阵，开了一个汽车修理铺，要赚钱替我们还债。我们这些不争气的儿女，不仅没能让父母过上衣食无忧的好日子，还给他们添了沉重的负担。那日回老家，看到父亲顶着花白的头发，在修补一个个轮胎，充斥风中的是父亲的汗味和满身的油渍味道，呛出了我们的泪水。

我们劝父亲不要干了，他挣的钱对于我们的债务来说，无异于杯水车薪。可是父亲执拗得很，他说，欠下的就要还，还一点儿算一点儿，你们后背上扛着大山，我没办法替你们搬掉，就替你们卸几块石头吧。

就为了替我们卸几块石头，父亲把本该安享的晚年抛给了风。

后来，我们的公司在朋友的资助下重新运营了起来，所有的债务都还清了。只是，欠父亲的那份债，怕是一生都无法偿还的了。

一个叫杨康的大学生诗人写过一首关于父亲的诗《我不喜欢有风的日子》，我很是喜欢：

"……风吹散了父亲刚刚倒出来的水泥，风又把水泥吹到老板身上，吹到父亲眼里。这可恶的风，就这样白白吹走，父亲的半斤汗水……"

这诗句读来让人心酸。因为那诗中的父亲与我的父亲极为相似——为了一家老小，在风中挥汗如雨。

那是个当民工的父亲，在工地上辛苦劳作，吃不饱睡不好，恶劣的环境总是雪上添霜，就像顽皮的老鼠，在冬天的夜里啃碎了穷人唯一的棉衣。做儿子的，唯一的企盼，就是让风吹得轻一点儿，再轻一点儿，别让那水泥和白灰迷了父亲的眼；别让风吹凉了他碗里的白菜汤，因为馒头是冷硬的；别让风吹得脚手架晃动不停，因为父亲年龄大了，腿脚不再灵便，也经常会头晕；别让风把雨带来，那样工棚里就到处湿漉漉的，父亲的风湿病就会发作；别让风声大过了他口袋里那个破旧半导体的声响，因为他时刻关注着自己的儿子所在城市的消息，那里发生的每一次流感都会令他忐忑不安，那里发生的每一起事故都会令他胆战心惊……

这就是父亲，每日里挥洒的汗水不止半斤，我想我和杨康也有不一样的地方，我一方面不希望起风，另一方面又想让风给父亲擦擦汗。

只是风啊，千万不要来得太急，请你慢点儿来，轻点儿吹，因为父亲越来越瘦弱，靠一柄拐杖活着，任何一场猛烈的风，都有可能让他趔趄，甚至摔倒。

父亲就像那柄拐杖，被我们握得越来越光滑，却令我们站得越来越稳。

父亲曾经不止一次对我们说，起风的时候，就想想家，回来看看吧。

一直不明白父亲为何如此说，现在我明白了，诗人杨康也明白了，他的诗句替我的心做了解答：

"我不喜欢有风的日子，风是父亲的苦难。我怕什么时候风一吹，就把我的父亲，从这个世界，吹到另一个世界。"

夜风里的马灯

风将所有窗户都关了起来，我担心的夜，终于还是来了。风像一只忠诚可靠的黑狗，伸长舌头，热情地舔抚我内心的荒凉。

它穿过灌木丛向我吹来，抖落两颗星星；它穿过坟场向我吹来，它甚至想把那些枯骨从梦里吹醒。那些枯骨里，有一根是祖母的。

祖母的离去让我的心头一片灰暗，如同风，抽走我的灯芯。

我在那个夜里放声大哭，哭声被风拉得很长很长，好像在丈量，这个世界忧伤的边界。

父亲则对祖母的离去看得淡然，他把一切都归结于上苍的旨意，人的离去是上苍的召唤。

我对父亲眼角没有流出一滴泪而有些困惑，那离去的可是他的母亲啊，如此重要的一个人就那么去了，可是他的脸上却看不出一点儿悲伤的神情，如此"铁石心肠"，怎能不让人费解？

他只管祷告，他说，他在用祷告为祖母送行。

我不懂，只是任性地问，如果有一天，我出了意外，他是不是也会这般，没有一滴泪为我送行？

他愣怔了一下，继而拍着我的脑袋："傻孩子，净胡说，永远永远永远不会有这种事情发生的。"

他一连气用了三个"永远"，用毅然决绝的否定表达着他执拗的父爱，为此，我略表心安。

他一遍一遍地擦拭着祖母的遗像，那一刻，我理解了他。作为一个要承担全部生活重担的男人来说，他只能隐忍他的泪水。

他孜孜不倦地为我描绘他心中的上苍：

"天上的飞机飞得那么高，但里面的驾驶员你见过么？自来水呼呼往外冒，大晚上的屋里可以亮堂堂，这都是电的功劳，可是，电，你见过么？轮船在海里飘着，大风大浪也不翻，那开船的你站远处看见过么……"

我承认，作为一个相当于中级知识分子的车工，父亲的排比句用得虎虎生风，铿锵有力。

我默默不答。

"既然飞机能飞，水能抽上来，灯能亮，轮船不翻，都是因为有个看不见的力量在掌控，那么日升月沉，寒暑易节，花开花谢，这么奇妙的世界能有秩序地存在着，能没有一个伟大的力量在掌控么？"

父亲说，这个看不见的力量，就是上苍。

这信仰就成了父亲心中的火，我似乎找到了他总是不惧怕黑暗和寒冷的原因，也找到了他总是可以化解悲伤的良方。

而我永远不会把他的信仰装到心里，无论他如何苦口婆心。我的信仰是父亲，一直都是。

父亲。爬上高高的山，采回草药，为我疗伤；爬上高高的树，摘下果子，为我润喉。而我只会爬上他高高的左肩，够他同样高的右肩；只会爬上他的眼角和额头，作为忧愁或者快乐的隐喻，存留在那里，盖上岁月的印章。

父亲的拐杖高了。其实啊，是父亲的光阴旧了，是父亲矮了。此刻，我想爬上高高的云端，裁下一块手帕，揩他的仆仆风尘。

我一度胆子很小，怕走夜路。父亲对我说，一个男子汉要有勇气面对黑夜，要把黑夜作为成长的一次检验。父亲提了一盏马灯出来，对我说："有它，咱啥都不怕，走吧！"

我看见那马灯，把火明明白白装在心里，就像父亲把他的信仰，明明白白装进心里一样。

有了这底气十足的马灯，我敢于去走任何崎岖坎坷的夜路。任何大风，也难以把它吹灭。

我低头前行，义无反顾，黑夜只是我众多疾苦中并不显眼的标签，我不惧怕它，就像口吃者不再惧怕一段绕口令，就像五音不全的人，不再惧怕麦克风。

初到这个偌大的城市，就像懵懂的少年，在街边的墙角，被一块丢弃的口香糖粘住了脚，少年的心不明白，这么甜蜜的东西为什么会被人扔掉？这个世界着了魔一般，光怪陆离，我才知道，城里的夜灯火通明，却比乡下黑魆魆的夜更可怕。我探测不出近在咫尺的另一颗心的深度。

我所求无多，属于我的角落不用太大，二十平米足矣，在偌大的城市，那是巴掌大的一块地皮，像一张并无收藏价值的过期的邮票，却可以承载我心中热爱。

父亲递过来他的"马灯"——他的祷告。他说："上苍看着呢！甭管别人怎么晦暗，自己一定得亮起来！"

你看，他总能帮我拨开云雾，让我得见心中日月，朗朗乾坤。就像我不再惧怕黑夜，甚至开始喜欢，常常把自己的身子探进黑暗里，如同一头扎进泥塘的野猪，发出欢喜的"哼哼"。

有时候，我真的只需要一盏马灯，照亮我自己的房前屋后。我在明明白白的心里，装上火，我就是马灯，是父亲从最深的黑夜里传递过来的马灯。

他的祷告是风，会吹平祖母额头的褶皱；他的祷告是风，会吹走祖母眼底的尘灰；他的祷告是风，从来都没有停止过努力去吹亮我的每一个夜晚。

大海也有藏不住的悲伤

女儿喜欢和我捉迷藏，我也就尽力配合她，先把童心藏好，再把天真找到。

女儿喜欢躲在暗处，比如窗帘后面，比如衣柜里，不出声，等爱的人发现。轮到我了，我有一百种躲藏的方法和途径，她却只有一个寻找的方法——"我若叫你，你必须回答。"

所以，不论藏得多么隐蔽，她都会轻而易举地找到我，因为她喊："爸爸。"我就得应答："在！"

我怕，许多年后的某一天，我躲在相框里，听着她一遍遍地唤我，我却再也不能给予回应。所以，趁着我还在，我要回应她的每一次呼唤。

王伯是我们小区里公认的乐天派，抽了一辈子劣质香烟，他不怕别人笑话他满口黄牙，总是咧开嘴大笑，芝麻大的小笑话也能让他乐得差点儿背过气去。

抽烟是王伯表达快乐或者悲伤的唯一方式，所有人看到的，都是他满口黄牙的笑，却不知道，他把阴影都藏进了肺里。

医生说，吸烟是他患肺癌的因素之一，但更主要的，是郁结的心情不能排遣，那颗心藏着太多的东西。

临死的时候，疼痛如蚂蚁啃蚀，但王伯没有喊叫，死死地攥着床单，嘴唇都咬出了血。他只想让陪护他的孩子们好好睡一觉，他不想惊动他们。

王伯的孩子们说，父亲死得很安详，没有遭罪，挺好的。

他们看到的只是表面，他们的父亲啊，把生活里所有的阴影和疼痛，都藏进了肺里，又怎么可能不遭罪呢！

这让我想起我的父亲，小的时候，他爬上一棵树给我摘果子吃，却像一根成熟的香蕉一样，沉甸甸地落下来，也落下了伴随他一生的病痛。他忍着疼，甚至将嘴角的抖动，都刻意隐藏，只是额头上沁着一层汗水。看着我捧着大大的苹果啃起来，他发出爽朗的笑声。

这就是我们的父亲，常常是藏住了泪水，藏不住欢笑。

长大后，我领着未婚妻回去见父母。父亲兴奋地去后山的果树下，挖出一坛埋了数十年的老酒。母亲都不知道他啥时候藏的，问："你这老家伙，藏得可真够隐秘啊！还有啥事是我不知道的？"父亲憨憨地笑着，一副得意的表情："你不知道的可多着呢！"父亲与我们说着村子里的事情，一桩桩一件件，就是不提自己的老病根，一到下雨阴天就疼痛难忍。父亲把自己的疼痛藏得很深，就像那坛老酒，藏出了满满的窖香。

我知道，父亲藏起伤口，却藏不住伤痛。伤痛张牙舞爪地，霸占着他的一个个夜晚和白天，把他的日子，撕扯得凌乱不堪。

看过一个小段子：高中时一个同学沉迷网络，时常半夜翻墙出校上网。一日他照例翻墙，翻到一半就拔足狂奔而归，面色古怪，问之不语。从此认真读书，不再上网，学校盛传他见鬼了。后来他考上名校，同学问到这事，他沉默良久说，那天父亲来送生活费，舍不得住旅馆，在墙下坐了一夜。

父亲没有故意和他"捉迷藏"，他却无意间找到了他。他应该感谢这一次"捉迷藏"，让他不仅仅找到了父亲，还找到了光。

天下的父亲大抵如此，总是喜欢把天大的事自己独扛，他们固执地认为自己的心如同海洋，可以藏得住一切伤痛，殊不知，海洋也有泄露痛苦的时候，比如海啸时，那滔天的巨浪，就是它再也藏不住的悲伤。

父亲让我学会了隐忍。一些苦难，让我彻夜难眠，一些思念，让我独自流泪到天明。但是白天，我要隐藏好这一切，我隐藏起来的这一切，当我老了，就是我的陈年老窖，也是我味道最好的下酒小菜。

　　我隐藏起来的这一切，其实，要想找到，方法也只有一个——你若唤我，我必应答。

　　这是怎么藏也藏不住的爱，就如同大海，也有它藏不住的悲伤。

年轻的四滴眼泪

在我尚且年轻的时候，与一个不再年轻的人，在一节车厢里，有过一番争论。

落第一滴泪的时候，他嘲讽，他的笑意之下，我是个傻孩子。

落第二滴泪的时候，他沉默，嘴角仍有轻蔑之意，但已浅淡。

落第三滴泪的时候，他嫉妒地说："年轻真好，眼泪可以如此肆意横行。"

那是我第一次听见有人这么评说眼泪。

的确是肆意横行的呢！不然，怎么就轻易地落下了。

不过是一节火车厢，不过是放了一曲忧伤的萨克斯曲《天堂里的另一天》，不过是想起了渐行渐远的她，不过是秋意甚浓，而我衣衫薄寡……

我可以用一百种比喻说出我的忧伤，可他只是笑笑，他说："形容词被你用得天花乱坠，也不过是一场应景的雪。"

在他眼里，我的一切，他都了然于心。经历，是多么奇幻的魔法师，它可以让一个人高高在上，指鹿为马。

讲真话的时候，心里会落满冬雪，踩上去吱吱嘎嘎地作响。

那个人接着就说起了他在世界各地留下的足迹，他奉劝我，那么多的地方可以走，何必，固守一隅？

我说，某一段残墙上，刻着我和她死生契阔的誓言。

"让风去腐蚀和吹干它们吧。那是不负责任的信口胡诌。"

我怎么可以容忍，一个人如此亵渎我对爱的承诺？

在我的愤怒之下，他不再争辩。短暂的静默。然后他缓缓地说："走一走吧，离开一段时间，然后再听从灵魂的安排。"

我问："流浪的人也是要回家的吗？"

他说："没有人可以不回家的。"

我突然用自己也不能相信的尖得走调的嗓音说："你带给了我人生最大的失望，你告诉我流浪是要回家的，那么死亡可不可以算作是家？你告诉我流浪的人也要回家，那么，你还鼓动我出去走一走？"

"是的，让你沉重地走，是为了让你轻盈地回。"

我的第四滴眼泪，浑圆、硕大，滴到空盘子里，发出"咚"的一声响。我躲到窗帘后面，顺便用窗帘布擦着眼睛，看到了窗外的黑，以及不停跳跃着的、活着的人们点亮的灯。多少人都如蚂蚁一样，在大地上活着，头上顶着一粒米，就是他们为之欢呼的光辉岁月。而我头顶的米呢？眼里的灯呢？

他说，每个年龄段都有每个年龄段的魅力所在，五岁以前，你任性、调皮都没人指责你，相反人们会认为那是你可爱的地方，可是五岁以后你再任性就不该了。上学后你的魅力是勤奋好学，工作后你的魅力是积极上进。成家后你的魅力是有了担当，有了为人父为人母的责任。

"那么，现在的你的魅力呢？不是滴下你的眼泪，而是绽开你的笑意。不是熄灭，而是点亮。"

我终于没有大声恸哭，只是落了那四滴眼泪。那是一个有些疼痛的夜晚，他下了车，我说我要接着再坐几站地，我对自己说，什么时候眼里的光亮起，就什么时候下车。

那个人很快发来短信，措辞优美，读来颇有韵味，仿佛一首无韵脚的诗——

"孩子，你像一只找不到归巢的小鸟，需要有人把你捧在手里。可是你自己先要把脚放回地面上来。

"还好，你的眼泪是年轻的，所以清澈，一点儿都不浑浊。滴到我的手背上，也砸不疼我。年轻人的眼泪啊，总是来去自如，多好，像任性的小顽童，前一秒嚷嚷着离家出走，后一秒将妈咪拦腰抱紧。年轻的眼泪多好，可以肆意横行，没必要节省，任意挥霍。

"你们有任性的资本，你们有悔过的甬道。不像我们，肆意地落一次泪，都是一种奢侈。我老了，你的眼泪甚至让我嫉妒，你看，它多么年轻，多么澄澈，多么像天刚刚亮的时候，那一滴挂在花瓣上的露珠儿……"

很多年以后的今天，我仍旧在读着这条短信。父亲，你的记忆力严重衰退，当然不会记得很多年前与我在一节车厢里的对话，不记得我流下的那四滴眼泪，更不会记得你亲手写下的这么动人的"诗句"。可是我记着，我会替你珍藏。你说，我年轻的眼泪落于你渐渐衰老的微笑之上。可是父亲，我也正在老去，此刻，家是唯一可以抓住我的根。而年轻和衰老的标志，我想，一个是对远方翘首以盼，一个是对故土念念不忘。

世上所有的母亲

　　有一次，我和几个要好的朋友一起喝酒聊天，聊了很长时间，话题都是关于母亲。其中一个朋友的母亲去世很久了，他眼中闪着泪光，讲起一段过往。他说她是一个典型的"女汉子"，身材甚至比很多男人还要高大。家里人一直都很依赖她。侍弄庄稼，养猪养鸭，负责一日三餐，洗洗涮涮，她一个人完全应付得来，且没有一丝慌乱。只是，母亲毕竟是个粗线条的女人，做的饭菜总是不那么可口，洗衣服也从不分门别类，总是一股脑儿地将衣服塞进洗衣桶。她不懂得表达，作为儿子的他没从她口中听到过一句关于爱的叮嘱，哪怕是唠叨。同样，孩子们也不愿与她交流，很少和她说话。没想到，这竟然成了他莫大的遗憾。

　　朋友说，让他心灵阵痛的，是母亲得知自己生了大病的某一个夜里。那时他面临高考，正熬夜复习功课。去厕所的时候，无意间经过母亲的房间，看见她正背对着他，双手抱膝，无声无息地坐在床上。那一刻，他第一次感到高大的母亲竟然也会如此弱小。月亮照着她蜷缩的身体，一半明亮，一半灰暗。

之后不久，母亲就去世了。他说他特别后悔，那天晚上的那一刻，为什么就没有走过去，紧紧地抱住她呢?!

另一位朋友也谈起了自己的母亲，他不介意我们知道她的名字——李桂花。她是村里出了名的泼辣女人，高声大嗓，从不肯吃半点亏。小时候，因为有这样的母亲，他总是感到不太光彩，所以不愿意和她说话。令他想不到的是，某一天，她竟然挨了父亲一记响亮的耳光——平日里老实巴交的父亲大概也是气急了，才下此狠手。奇怪的是，她竟然没有还手，也没有和父亲争辩，一个人沉默不语地在炕上躺了一下午。一家人忐忑不安，总觉得这平静是火山爆发的前奏。令人意外的是，到了做晚饭的时间，她仍然准时爬起来，生火、淘米、洗菜，炊烟照常升起。朋友说，不知道是出于什么原因，母亲竟可以如此平静地面对父亲的那一巴掌，但他清楚地知道，这么多年以来，他们的一日三餐，从来没将就过。母亲把吃饭的事情看得很重。这就是母亲，发生了再大的事，也不忘把一家人的胃照顾好。

大哥养了很多羊，他说，有一只母羊，每每想起来他觉得只能用"伟大"来形容，因为它生了一只又一只小羊，而且乳房一直饱满，似乎从来就没有被吃空过。

　　我想，那些乳汁就是滔滔不绝的母爱，流出去多少，便会注入多少。

　　小羊跪在母羊的乳房前吃奶，眼中闪现感恩的光。母羊则温柔地舔舐着它，眼中流露着慈爱的光。

　　这让我想到娜仁其其格的一首无比温暖而美好的愿望之诗的一部分：

　　　　北冰洋的积雪，生长出

　　　　越来越多的海豹、企鹅、北极熊

　　　　它们相亲相爱的样子，是多么可爱

　　　　它们热爱着自己的孩子

　　　　它们说：宝贝，亲爱的

　　　　所有的语言无以表达爱意，它们就

　　　　凝视、亲吻、抚摸、耳鬓厮磨、缱绻温存

　　　　…………

　　光盯着这些词句看，不刻意去想象，也能感受到那是怎样温馨而美好的画面。那"凝视""亲吻""抚摸""耳鬓厮磨"等，皆为母爱所驱使。

　　小区里有个疯女人，至于她是怎么疯的，后来我才慢慢知晓。她疯得很严重，在马路中央撒尿，向路人打听死亡的时刻，向放学回家的小学生敬礼，一会儿骂交警，一会儿又帮他们指挥交通，一会儿吃土，一会儿烧书，霸占公用电话，不停地说："宝贝，天冷了，你穿棉袄了吗？你啥时候回来啊，妈妈想你……"

这个疯女人或许什么都不记得了，但是在她拿起电话的那一刻，习惯性的唠叨便从嘴边淌了出来，像从高处往低处流的水那般顺畅，像风吹开一朵花那般自然。

母亲的眼睛里"含"进去一朵云，我这样形容她在看一朵云时的情景。她的眼睛里已经发不出多少光亮，我多希望这朵云能治好她的白内障，能让她看清人间。可是，她并不奢望看到太多，只要看看老伴儿，看看儿孙，她的心愿就达成了。

她终于还是告别了光亮。眼盲的母亲，指尖儿是她唯一的"明亮"。她开始轻轻地触碰我们，只一下，就认得出谁是谁，如探寻宝物一样，摸索着身边的每一个亲人。

她做得最多的动作，就是不停地去按墙壁上灯的开关——她置身于黑暗，便总是担心我们也身处黑暗，她想给我们更多的光明。爱，是她唯一的明亮。

落叶是疲倦的蝴蝶

夕阳老去，西风渐紧。

叶落了，秋就乘着落叶来了。秋来了，人就随着秋瘦了。

随着秋愁了。

但金黄的落叶没有哀愁，它懂得如何在秋风中安慰自己，它知道，自己的沉睡是为了新的醒来。

落叶有落叶的好处，可以不再陷入爱情的纠葛了；落叶有落叶的美，它是疲倦了的蝴蝶。

我甚至感觉到落下来的叶子们轻轻地叫喊。

那一刻，我的心微微一颤，仿佛众多纷纷下落的叶子中的一枚。

我看到了故乡，看到了老家门前那棵生生不息的老树，看到了炊烟因为游子的归来而晃动。对于远走他乡的脚，对于飞上天空的翅膀，炊烟是永不能扯断的绳子。就像路口的大树，它的枝干指着许多的路，而起点只有一个，终点也只有一个，每个离开村庄的人，都带走了一片绿叶，却都留下一条根。

我看到了故乡的山崖，看到石头在山崖上，和花朵一起争着绽放，看到羊在山崖上，和云一起争着飘荡。

我看到了我的屋檐，冬天时结满冰凌，夏天时絮满鸟鸣，一串红辣椒常常被看作是穷日子里的火种。守着屋檐上下翻飞的麻雀，总是那么和谐地与庄户人家好好地过着日子。

时时刻刻缠绕着那颗在路上的心，就是这个屋檐。

我看到了母亲，为了不让我们在冬天里挨冻，她拾起一节节枯树的枝丫，犹如把那些破碎的日子一一点缀。然后，把温暖交到我们手上。

母亲的柴垛越码越高，母亲却越来越矮。

我看到母亲那双干瘪的乳房，像两只残缺的讨饭的碗，却为我们讨来了一生的盛宴。

母亲在灶坑底下点燃的昏暗的红色火焰，成了那些夜里我们唯一可以依靠的小小肩膀，唯一可以握住的暖暖的手。

叶落归根，是我老了吗？我们花了很多时间去争取财富，却很少有时间享受；我们有越来越大的房子，但却越来越少地住在家里；想要到月球去然后回来，却发现到楼下邻居家转转都很困难；征服了外面的世界，对自己的内心世界却一无所知。

远行的人，是什么声音使你隐姓埋名，是什么风向将你吹往他乡？秋天就是这样，把叶子纷纷抖落，把人的思念纷纷挂上枝头。

是该回去了，去看看那棵生下我，让我因成长而绿、又让我因成熟而黄的大树。还有在落叶里沉睡着的母亲。

母亲，我匆匆的脚步就是您密密缝合的针脚。

母亲，背着破烂行李的我要归来，找到了天堂的我也要归来。

一层层落叶铺在回家的路上，我要踩着温暖的地毯去看望母亲，母亲也像这落叶，从灿烂的枝头缓缓地落下来。只是，她没有再醒来。

这个世界，能留住人的不是房屋，能带走人的不是道路。岁月无法伸出一只手，替你抓住过往的云。如果一切还能重新捡拾回来，母亲，我要去拾取你的笑容、脚步和风，用你的爱做灯油，用你的善良做捻儿，我要点燃它，放到心里，一辈子不忘回家的路。

天冷了，树的叶子落下来，树离我很近，我似乎听见了它们在缓缓凝固。

天冷了，它们一排一排站着，心中坚守着的秘密一阵阵地疼痛起来，但叶子落下来，掩盖了一切。

母亲去了，我的心灵没有了依靠，一下子就有了那种到处漏风的感觉，可是大风一直在刮，把故乡周围的尘土刮了个干净。我小小的故乡正在被秋天包裹。

母亲的坟上有一棵树，那是我写给母亲的诗。每到秋天，叶子们就纷纷落下，把母亲的坟头遮盖得严严实实，那些在风中微微呻吟着的落叶，远远望去，像一群疲倦了的蝴蝶，静静地收拢着它们一生的美丽瞬间：一朵红晕，一个誓言，或者只是简单的一声叹息。

赶路的荷花

万宝公园的荷花开了，可惜母亲再也看不见了。她上了年纪之后，视线越来越模糊，渐渐就什么都看不清了。

可是，我还是会领她来看，我会跟她讲，今年的荷花开得满，饱胀得厉害，荷花池都装不下的样子。母亲听得入神，微笑着点点头。

荷花的花期甚短，花开也就仅仅几日，便由莲为藕，继而生莲子，一生不敢懈怠，急匆匆地赶路，生怕错过了每一缕春风和每一寸光照，甚至，凋落的时候，都来不及一声叹息。

这急匆匆赶路的荷花，像极了我的母亲。我见过母亲年轻时候的照片，是优雅的美人样貌，生下我们之后，她的青春便急匆匆地流逝，艰苦的生活把她曼妙的仪态侵蚀殆尽，她要照顾一大家子人的生活起居，还养了一头猪和一群鸡鸭鹅，抽空还要去打点儿零工贴补家用。打记事起，母亲给我的姿态永远是急匆匆的，忙碌着，仿佛有干不完的活儿。

虽然母亲总是急匆匆的，但她骨子里的清雅、干净、恬淡与和善，是藏不住的，那些美好的品质就如同荷香，散放在生活的池水里。

母亲喜欢电影，记忆中母亲唯一的一次奢侈，是她独自看了一场电影。那时候，影院里演她喜欢的《庐山恋》，她安顿好我们，并叮嘱父亲让我们早点儿睡觉，自己一个人去了影院。当她半夜回到家，看到我们都还没有睡，母亲做了错事一般深怀愧疚，表示以后再也不扔下孩子自个儿看电影了。母亲，把自己少有的一点儿爱好也默默地收藏起来，甘心地、陀螺似地围着这个家转。

从来没有见过她在我们入睡之前睡觉，那个时候，我很好奇，母亲睡觉时是什么样子？终于有一次，我贪吃了两块儿西瓜，睡梦中被尿憋醒，上完厕所回来，猫一般蹑手蹑脚地蹭到母亲床边，想借着月光看看母亲睡觉的样子。却忽然听到母亲说："快上床，盖好被子，秋了，别着凉。"我很诧异，本以为自己一点儿声响都没弄出来，却还是没能躲过母亲的耳朵。母亲总是这样，我们一丁点儿的响动，都会在她那里引发"余震"。

母亲学什么都快，记得当年家里添了台缝纫机，从单衣到厚棉，母亲裁剪得与店里卖的一样得体。那时，好多人家还没缝纫机，母亲便经常抽时间给别人无偿地缝补，扦个裤脚之类。母亲还买了一套理发工具亲自给我们理发，免得我们去理发店花冤枉钱，久而久之，她理发的手艺越来越好。邻居们有时候就过来让她帮着理，只要有空，母亲有求必应，并且乐此不疲。

荷花落了之后，莲蓬便举了起来，仿佛是为那些凋落的花魂举起一盏灯。大自然是神奇的，造出这样一个让人喜爱的物种来，像浴室里的花洒、厅堂里的吊灯……在众多的比喻里，我觉得它更像蜂巢，因为无论从外形还是内在结构上，它们都如出一辙，以至于我总是想象着，那深邃的小孔里面，会不会飞出小蜂子来？

母亲是从什么时候开始慢下来的，我记不清了，但我清楚地知道，母亲已老成衰微的枯荷。即便如此，她依然把自己挺立成倔强的莲蓬，不肯向岁月低头。她终于不再急匆匆地赶路，她开始喜欢熬粥，厨房里四季都会放着一袋莲子。煮粥的时候放上几粒，熬出来的白粥，就多了清香。母亲常说，人世走一遭，别怕吃些苦。比如这莲子，虽苦，却有着消除燥热的功效。我喝一口白粥，大米和莲子糅合到一起的香味，在舌尖环绕，那是母爱的味道，也是尝遍生活的滋味，沉淀出的一份清净心。

现在的母亲，眼睛看不见了，每天生活在黑暗里，便经常陷入沉睡。我坐在她的床边，终于能仔仔细细看她睡觉的样子了。她打着轻微的鼾声，均匀而带有节奏感。母亲的样子，依然是荷的样子，只是这荷将落，飘零破败。我也知道，终有一天，母亲会成为一粒莲子，像佛的舍利，珍存于岁月的盒子里，护佑我们平安。我不免落泪，不曾想一滴泪就惊醒了母亲，她颤巍巍地伸出手来，摸拭着我的脸，询问我怎么了？

　　不管母亲如何衰老，一滴小小的泪水，落到母亲那里，依然，还是免不了成为浩瀚无边的海洋。

母亲弯腰

我看到母亲在一里之外弯腰，她在捡拾农人秋收时遗落的麦穗；

我看到母亲在十里之外弯腰，她在向上苍祈祷，可以有更多的恩赐落到我们身上；

我看到母亲在千里之外弯腰，她在向岁月妥协，她在把自己交出去，她在慢慢变成句号……

母亲用弯曲的腰身，换来了我们的笔挺。

我看着她弯腰，看着她蹒跚而过，看着夕阳把暗夜推给她，她身上仅有的一点儿光亮，在挣扎，一闪一闪，我仿佛看见了她一生中的某些碎片。这些碎片，曾经汇聚成她生命中的太阳，现在，太阳沉没，光碎成一片一片，渐渐暗淡下去。我无法帮她把那些碎光拾捡起来，就像我弯腰时，永远不如她那样真实而又亲切。

母亲弯腰的样子，像一棵被风吹拂的野草。没有什么力量，可以让她想到自己。她弯腰，为我们拾取生活中遗漏的惊喜。

母亲，你看不见，就让我说给你听吧。布谷鸟已经让春天撒满音符，梨花也让春天布满经文。我现在就想搬到，离你最近的地方去！

想到自己在外地工作那会儿，母亲在电话里总是很关注叶子，常常有意无意地唠叨：叶子又落了一地，我还没来得及扫。明天一阵风，怕是又要落下不知多少呢！你穿的衣裳是不是太薄？——这种由叶子到衣裳的跨越，只有母亲的思维可以做到。

我的胸口有一只暖宝，它把母亲的唠叨焐热了。多亏我有先见之明，知道母亲今夜会来梦里看我，所以带了一只暖宝，我只想让寒冷往后退一退，因为母亲衣衫单薄，她来得匆忙，没戴围巾，也忘了穿毛衣。

更多的时候，我在这个世界发呆。母亲飘在风里的银发，佝偻着贴向地面的脸，都是我发呆的理由。

我会想起她无数次爬过的山坡，想起她无数次背回来的柴火，年轻时一次比一次多一点点，年老时一次比一次少一点点，她慢慢弯下去的腰身，便再也直不起来。

五岁的时候，和母亲去种土豆，把土豆放进坑里，盖土，整个过程严肃而虔诚，像一场神圣的葬礼。我问母亲，土豆是不是死了？母亲笑了笑说，死了一个，会生出更多。

起土豆的时候，母亲故意给我看土豆秧上结的一串串土豆："看，我没说错吧。"我惊讶万分，那是多么神奇的"死而复生"。

那是为数不多的、我和母亲一起弯腰的画面。

"种豆得豆，种瓜得瓜"的道理，即便五岁的时候我不懂，慢慢总会懂的。"面对死亡，不必恐惧"的信念，却在那个时候的心底扎了根。以至于在以后的日子里，见证了无数次死亡，但总还是会恍惚觉得，埋葬一个人，不过是埋下一颗土豆罢了。

母亲渐渐瘦弱下去，但她的爱始终是丰饶的，就像我看到可以长出成串的土豆时的土地，那个时候的我就相信，土地是可以产生奇迹的。母亲也一样，对土地存有敬畏，在她眼里，自己的弯腰，与苦楚无关，那只是自己在向着大地行礼。母亲谦卑了一辈子，对人和事，从不过多索取，总是无穷尽地给予。哪怕老了，也要弯下腰去，对着深爱的土地，深深地鞠下一躬。

母亲爱着一切，从无抱怨，她甚至爱上了自己的关节炎，在缓慢的疼痛里，证实着自己还活着。她说，活着就好，活着就有念想，摸摸我们的手和脸，闻闻我们的味道，都是她的幸福。

所以，每当我因为生活中的不顺心之事而乱发脾气时，总是劝自己想一想母亲的宽和，在她的丰饶面前，我照见了自己的贫瘠。

　　永远忘不掉那个画面——在我们又一次从她身边离开的时候，母亲执意要送我们。她的眼睛已经看不见了，但是依然倚在大门口，"目送"着我们，迟迟不肯转身，她不知道我们已经上了车，仍旧在那里执着地挥手……

　　我的泪珠，硕大的，为母亲而掉落。母亲弯腰的背影，像一个巨大的问号，镶嵌在那一日的黄昏里，再也抠不出来。

难以逃脱母亲的法眼

母亲节的时候，买了一大捧康乃馨回家看母亲。父亲说，你妈又看不见，买这么多花干吗？多浪费！我说，我妈喜欢了一辈子花儿，她闻得到，就值得。

母亲在院子里"练功"，一招一式，认真严谨，风中凌乱的白发，像秋风里的枯草，肆意招摇。那是父亲从电视里学会的一套保健方法，据说可以降糖降压，转头就教给了母亲。母亲很听话地每天都练，风雨不误，不敢有半点马虎，仿佛肩负着某种神秘的使命。

我把花儿凑到母亲的鼻子下，母亲说香，真香。

眼睛看不见已经快八年了，想起来满心愧疚，母亲一辈子没出过远门，就连在辽宁的她的亲姐姐，她也好几十年没见过面了。有一次她终于下了狠心攒了些钱，想和父亲去辽宁看看，结果赶上我生病住院，母亲的路费又变成了我的住院费。等我们物质条件好一些了，母亲偏偏又失明了。

每当我游历着祖国的大好河山，总忍不住在心底生出一丝悲凉，若母亲还看得见，带她来，该有多好。

和母亲说起这些遗憾，她也只是笑笑说："要是我眼睛还看得见，就能帮你们带着孩子，你们爱上哪儿玩儿就上哪儿玩儿去。"

这就是母亲的遗憾，如此境地，她想着的还是如何照顾我们。

是啊，这一生，吃穿住行，无时无刻不是被母亲照顾着。尤其是吃这方面，厨房是母亲一个人的舞台。她做的饼是一绝，吃起来妙不可言，回味无穷，以至于有一次我忍不住和母亲说，真想吃您做的葱花饼啊！

午睡的梦里都是葱花饼的味道，醒来的时候还砸巴砸巴嘴，意犹未尽。

起床后看到饭桌上竟然真的有一盘热气腾腾的葱花饼，这不是梦，真的是它的香味飘进了我的睡眠里。那是失明的母亲为我做的，我仿佛看到了她瘦弱的身子在黑暗中摸索着，抖开面袋子，舀面、加水、和面，又是怎样指挥着父亲生火、抹油、撒葱花，就为了自己儿子一个贪吃的念想，她在黑暗里折腾了两个多小时，靠想象还原着自己的手艺。

母亲在黑暗的世界里，一心向阳；母亲在寒凉的尘世中，一心向暖。

我年轻的时候不学无术，在网吧被抓了现行。也不知道是谁通风报信，她总是会准确无误地将我逮个正着，我这只可怜的小耗子，总是逃不出她这只老猫的魔爪。

偶尔想撒个谎出去撒个野，母亲眼睛毒辣，似乎总能读懂我的那点小心思，只要我和她的眼睛对视，就什么都别想瞒过她。

我受到的一点儿伤害和委屈，在她眼里，就像衣服上掉落了扣子，或者破了一个洞，她总是无声地为我缝补，再悄然用她的爱，熨平。

母亲的眼睛，从多年前的视线模糊到隐约可辨，终日挣扎在暗淡的光线里，直到有一天，终于连一丝一毫的事物都无法再看见。

那一刻，母亲的眼睛，死了。即便如此，我依然无法在她那里讨得半点"便宜"。很轻微的一声叹息，刻意隐忍的一个喷嚏，都会引起她的不安，她就会不停地叮嘱我吃药、喝姜汤，她把衰竭的视力转化为敏锐的听觉，依然对我"严加防范"。母爱的法眼恢恢，容不得我有半点差池。

高仓健在一篇文章里回忆母亲时，说妈妈一部不落地看了他所有的电影，却从未赞不绝口，只会说一些"你在雪地里翻滚，真是让我心疼"之类的话，妈妈看到他手拿大刀背上刺青的武侠片海报时，会说："这孩子，脚上又生冻疮了。"

高仓健深情地说，这个世界上只有母亲一个人，注意到了他脚后跟上贴的那块小小的肉色创可贴。

这就是母亲毒辣的眼睛、细致入微的爱。

"老妈啊，你这是想练成武林高手啊！"我和母亲说。

母亲笑了，却并不受到影响，仍旧一丝不苟地做着每一个动作。她的认真劲儿看着很好笑，而我却眼含泪水。母亲这么拼命地"练功"，的确是肩负着一种使命，那就是让自己健健康康，不给她的孩子再添半点儿罗乱。

母亲的眼睛死了，可是母亲的爱，永远活着。她小心翼翼地呵护着她的孩子，哪怕我已人到中年，哪怕她已白发苍苍，我依然还是她不放心的孩子。我是她寄存在人间的，用她全部光阴兑换来的，舍不得花的一张支票。

母亲这把干柴

在外地工作的时候，母亲在给我的信中说：留给你的一树李子，熟透了，一个一个落到地上，最后一个都落了，你还没回来！

我仿佛看到母亲站在那李子树下，忧伤地捡起最后一个李子的场景，那时她的内心该是怎样的落寞和荒芜！

我看到了那个佝偻着的身影，那一把我赖以取暖的干柴。

终生的劳碌让母亲驼了背，这一点和外婆很像，外婆老的时候，腰弯得厉害，似乎随时都有吻到脚背的可能，看上去，仿佛一个悲伤的句号。

如今，母亲也在通往"句号"的路上。母亲这一生，承受着多少失望，又扶着多少希望，倚在风雨飘摇的门框，望着我们回家的路啊！

我为何不能早一点儿迈进她的门槛？

　　小时候的深秋，母亲常常带着我去郊外割荒草回家做引火柴，那时候母亲力气很大，腰也不驼，所以她扛的柴火总是很大的一捆，母亲扛在肩头一点儿也不吃力，甚至不妨碍和我玩耍。没想到，很多年后，能让我最确切地形容母亲的词汇，竟然就是这把干柴。

　　母亲扛着家的重担，也扛着一家人的暖，因为爱，那担子再重，她都不忍换一下肩膀。母亲低眉顺眼了一辈子，只为了，给家的灶膛里添一把柴火。

　　母亲，孤单的背影是我眼中的繁华。以此为枕，推开一个又一个清晨。任我怎样在梦里奔腾，也走不过她目光里的哀凉。

　　没有玩具，母亲给我们做。缝沙包，扎毽子，用硬一点儿的纸画扑克，我们的童年其乐融融。贫穷让我们消瘦，却并未让我们晦暗，为了在风中唤醒一盏灯笼，母亲耗尽了整整一生的火柴。

　　母亲骨子里是个浪漫的人，但凡父亲单位里发了电影票，不管刮风下雨还是北风呼号，都会领着我去看，我记不住片子的内容，却记住了母亲的怀抱，那种温暖让人贪恋，往往电影还没看完，我就睡着了。回去的路上，母亲叫不醒我，只好背着我，怕我感冒，就用她的外套蒙着我的头，自己穿着单薄的衬衫闯进风里，扣子开了，也来不及去系，像一本被打开的经书，让我念诵不已。

　　我贪玩，天黑了也没回家，母亲出来寻找，一遍一遍唤着我的名字。很远我就能听见，手提灯笼的母亲，是离我身体最近的一片海。

母亲这把干柴，越来越轻了。我们和岁月，都是榨汁机，压榨得母亲，再也滴不出一滴汁液来。

母亲老了，生病的时候，我抱着她上手术台，母亲很轻，骨头仿佛都变成空心的，一点儿分量都没有。让我想起在生活的最低谷，母亲掉着眼泪说："如果谁肯把我买了去，我倒也乐意，给你们换几顿饱饭！"

可是母亲这把干柴，卖不上好价钱，又轻又瘦的一捆，谁都不肯瞧上一眼。

有一次回家小住，我执意睡在母亲身边，像小时候那样，依偎着她。孩子好奇地问："爸爸，你这么大了，为啥还让奶奶抱啊？"我说："爸爸虽然长大了，可是在你奶奶眼里，爸爸永远是个孩子。"

母亲可以变得越来越小，但是她的怀抱，却永远辽阔。

那一夜，我在和母亲有关的梦里取暖，习惯性失眠的母亲，她的梦，又在哪个角落里漂移呢？

梦里的母亲步履蹒跚，可不知为何，我怎么追也追不上她！

睡在炊烟里的母亲

摸着黑回家的母亲，与黑暗融为一体，像一片不为人知的最单薄的影子，贴着地面，缓缓蠕动。

她把钥匙丢失，打不开自己的家门。

母亲老了，总是遗忘。晾晒的衣物忘了在下雨前收回，莫名其妙就弄伤了手脚，衣服上的扣子去向不明，做饭煳锅底的次数越来越多……有人说，这是老年痴呆症的前兆，的确，现在的母亲，有时候甚至分不清左手和右手。

唯一忘不掉的，是她自己的孩子。三个儿子，三颗骄傲的星星。三个女儿，三件贴心的棉袄。忘不掉孩子们的生日，大概她也知道自己的记性不佳，便在日历上找到那些日子，然后叠起来，用以提醒自己。

除了儿女，母亲的口袋空空如也。

如今，儿女们如鸟一样飞远，母亲的桌上只有一双孤独的筷子。母亲，被冷落在遥远的炊烟里，一转身又是一年。

看到炊烟，就看到母亲了。我总是这样想，并习惯了这样去看每户人家的炊烟：炊烟缓缓，那一定是孩子们都在母亲的怀里，母亲用她的安详笼罩着孩子们的美梦；炊烟凌乱，那一定是孩子们迟迟未归，母亲牵肠挂肚，急得在院子里打转。

那时，我就是个喜欢疯跑的孩子，也是喜欢哭泣的孩子，满脸鼻涕的孩子。可是，母亲依然会毫不犹豫地把我抱起，毫不犹豫地，深深地吻下去。

一丝风也没有的时候，炊烟笔直笔直的，很像年轻时候的母亲，身材高挑，相貌出众，被村里无数后生的眼睛偷偷地打量过。

可是一阵风就会将那笔直的身段吹弯，就像现在佝偻着的母亲。原来，炊烟也是会老的啊。母亲，用褶皱，用后半夜的一盏油灯，用老花镜，用哆哆嗦嗦的手，用手里的针线……爱着我们，却极力不发出声来。哪怕一声轻咳，都埋在一块柔软的巾帕里。

驼背的母亲，离土地越来越近。我担心有一天，她的头会低得触到地面，那是母亲的句号。如果耳背的上苍还能听见我的祈求，我不祈求风调雨顺，不祈求鸿运当头，只求让母亲可以伸直了腰身，好好地伸个懒腰。

柴米油盐，是这一生和母亲最亲密的事物。厨房是母亲的舞台，围裙是她的道具，锅碗瓢盆是她的乐器。即便在艰苦的日子里，母亲也总是认认真真地做饭，从来不对付。都说巧妇难为无米之炊，可是母亲却不一样，没看见她用了多少食材，却总能变着花样地做出许多可口的饭菜来。母亲在厨房里忙得噼啪作响，把贫苦颠得上下翻飞，把日子炒得香滋辣味。灶台底下的火焰，总是忍不住窜出来为母亲鼓掌。

而从灶台下欢快地跑向屋顶的炊烟，是缠绕在母亲手上的戒指，一生都未曾褪下。因为，在母亲的指缝间，我总能闻到葱花的味道，家的味道。

所以，我家的炊烟是有着葱花味儿的炊烟。我家的炊烟也是最好客的炊烟，总是微笑的，或是点头，或是招手，欢迎你，挽留你。

纯白纯白的鸽子，大概觉得自己过于清高，离人世有些远。所以总是喜欢从那炊烟里穿过去，让翅膀沾染些人间的烟火气息。

炊烟，就这样在我的目光里一茬一茬地熄灭，又一茬一茬地升起。

今夜，我想念母亲。可是我无法回到她的身边，唯有希望故乡的风能轻一点儿，别把我家的炊烟吹得东倒西斜。因为母亲在炊烟里睡着，她累了，让她多睡一会儿吧，借着炊烟的暖。

母亲，今夜我们梦中相见。

失眠的海

　　母亲有失眠的毛病，用了很多办法都不管用。这个毛病就像一只恶魔的手，招摇肆虐在母亲睡梦的边缘，让母亲的每个夜晚，都变得惴惴不安。

　　看着母亲日渐老去，我的心痛亦是无法言说。我开始搜罗各种治疗失眠的偏方。今天打电话告诉她，要多吃小米粥，明天打电话告诉她，在粥里放些大枣……母亲应着，按我的偏方去做了，依然不见效果。

　　那天早晨，我在母亲的枕头边上看到了一个盘子，里面装了一些细细的葱丝，我问母亲那是做什么用的？母亲说："难道你忘了吗？你和我说过的，这是治疗失眠的偏方啊。"

　　母亲说，好像还挺好使的，最近几天睡得挺香。

　　我猛然记起，有一次我和母亲说过这样的话。可是我明明记得，我说的是姜丝而不是葱丝。

母亲听错了，可是她却那么相信她的儿子，她坚信，她的儿子讨得的偏方，一定可以治疗她的毛病。

母亲这些年要操心的事情太多：大哥喝醉酒打伤人，吃了官司，赔了人家很多钱；二哥离婚，人也下岗了，在她那里住着，靠做苦力活儿维持生计。母亲每天天刚刚亮就要起来给他做饭，她还一直惦记着再给二哥张罗一个媳妇，四处托人保媒；姐姐家刚刚出生的宝宝生了很奇怪的病症，医生们用了各种办法也无济于事，刚来这个世界短短几天便撒手而去；我常常在外办案，更是让母亲放心不下，一颗心常常悬在嗓子眼儿里……我们成了母亲心中纠缠不断的结，令母亲在每个夜里辗转反侧。

所有的这一切，使母亲得了这样一个毛病——夜夜失眠。

因为睡眠不足，母亲在白天的时候，常常坐在那里就耷拉着脑袋睡着了。我们看着电视，回头看母亲已经鼾声四起了。开始我们还会拿母亲开着玩笑，母亲也常常在我们的笑声里醒过来。一边笑着一边责骂自己："怎么又睡着了，都成了大觉包啦！"

母亲越来越瘦弱，极度缺乏的睡眠抽走了她的健康。那以后，我们再也不忍心唤醒坐着睡着了的母亲。

如果这些只言片语可以穿起过往，我愿意，把自己揉碎，变成一个凛冽的词、一个停顿的逗点、一个起着承上启下作用的段落。可是，一个急刹车的句号，忽然断了我所有的念想——母亲，因为常常失眠导致了脑溢血，住进了医院。在病床上整整昏迷了十多天。

我们一边呼唤着母亲，一边在心里惦念着：这样也好，母亲，您终于可以睡一个安稳的觉了。

那些天的梦里，总能梦见母亲离开了这个世界。总是忍不住啜泣，而自己亦常常被自己的哭泣惊醒。醒来后，发现一切都是虚幻的，确定了母亲不曾离去，便有一种破涕为笑的冲动，但是伤感的心，一时半会儿缓不过劲儿来，身子依然抖着，像夏日夜里被风鞭打的凤尾竹。

母亲被唤醒的时候，我们每个人的脸上都挂着幸福的泪珠。那种表达不出的爱和长年埋在心里的对母亲的依赖，原来是经不住一丁点儿分离的风吹草动的啊。

从小到大，我们在睡觉时一个轻微的咳嗽，一次简单的翻身，都会引起母亲的注意，母亲在冬天会不时地给我们掖着被子，夏天会拿着蒲扇，不停地为我们驱赶蚊虫。我们放心地做着我们的美梦，不担心中途被打断，我们的睡眠总是最舒适的，因为母亲是我们那些美梦的守护者。

而母亲呢，一辈子很少睡过踏实安稳的觉。

母亲的心，是最浩瀚的海。大海无法入眠，因为她的心里装了太多的牵挂。

如果可以，请让大海安心地睡一觉吧！

母亲的感谢

一

我居住的小区里，有一个被大家公认的好儿媳。那天，我看见她在大声鼓励着一个老人："再走一步，加油啊！""一百步啦！老太太今天又创纪录啦！"还一边兴奋地拿着手机拍照。

老太太是她的婆婆。已是深秋，空气里有着丝丝缕缕寒凉的感觉。她似是怕把老太太冻着，给她穿得很厚，围脖手套一应俱全。自从她丈夫出了车祸，撒手人寰之后，她就与婆婆相依为命地度日了。

祸不单行，婆婆又不慎一跤摔了个半身不遂。她坚持给婆婆按摩，每天都领着婆婆出去练习行走，哪怕一整天只有一小步的进步，她都热情地鼓励婆婆一定可以走起来的；而且，她自己也坚信，婆婆有一天会重新加入广场舞的行列。

她未孕，一直到丈夫去世也没怀上一个孩子，这成了她最大的遗憾。有人劝她抓紧再找一个，让自己将来不要活得太苦。她只是笑笑，说目前并没有再婚的打算，即便以后有，婆婆也是陪嫁，不然宁可单着。

每当婆婆言语不清地跟她比比画画，怕拖累她，让她把自己送到养老院去，她都会对婆婆说："您老放宽心。没嫁，我是您的儿媳；嫁了，我就是您的女儿。"她经常这样安慰婆婆，让婆婆不要胡思乱想。

一把年纪的婆婆，记性越来越差了，有时会忘了儿子已经不在人世，便不住嘴地唠叨："咋还不下班，还不回家呢？"她听了，心里难过极了，可还是配合着年事已高的婆婆"演戏"："您儿子今天加班，不回来了，您先睡。"第二天早晨，一觉醒来的婆婆脑子也清醒了，记起了儿子去世的事实，眼泪又止不住哗哗地淌。她边做着早餐，边安慰着婆婆："别难过了，您儿子提早去了那边，是在打点一切呢。说不定这会儿忙着置办新房子，等您老有一天也过去时，就可以安安心心享清福了。"老太太被她的善意逗笑了，竟多喝了一碗粥。

婆婆喜欢喝粥，她就变着花样做给她，绿豆粥、八宝粥、蔬菜粥、皮蛋瘦肉粥……一周都不重样。每次老太太的记性能回来一点儿的时候，都会泪眼汪汪地对她说："谢谢！"

二

有一次朋友约我小酌，酌出了他的悲伤。他讲，中秋节那天，他和姐姐把母亲从老年公寓接回家，吃了顿团圆饭。之后，老母亲死活都不肯再回去了，就像一个耍赖的孩子。任他们苦口婆心地劝，母亲愣是一言不发。可是，他和姐姐家里都有逼不得已的难处——姐夫常年卧病在床，也需要姐姐照顾。而他那里虽说能勉强腾出一间小屋子给母亲住，但他和妻子都各忙着一摊子事儿，无暇照顾老人。那家老年公寓是他的一个朋友开的，对母亲自然会多上些心，何况那里的饭菜也应时、可口，比他们自己照顾的条件其实要好得多，他们也更放心。母亲沉默了好一会儿，最后开了口："那地方啥都挺好的，就是太闷了，有点儿透不过气。"母亲一脸落寞，说："给我一间小屋子就行，我能给自己糊弄一口饭吃。"说了那话，母亲就像个做错事的孩子，始终没敢抬头看他和姐姐的脸。后来，他和妻子商量了一下，决定依了母亲，不再送她去老年公寓了。母亲愣了一下，有些不大相信地看着他们，然后就擦起了眼泪，不停地对他们说："谢谢，谢谢！"

三

另一个朋友也说起自己的母亲。他说，母亲节的时候，他给老家拨了个电话，想和母亲聊几句，并祝她节日快乐。结果电话通了，母亲一个劲儿问他有什么事。因为这些年，只有真的有了什么事情，他才会给母亲打电话。于是，他支支吾吾了好半天，也没说上那句"母亲节快乐"。太内敛的他，不善于表达情感，总是不好意思把"爱"说出口。最后，要挂电话了，他对母亲说："真的没什么事，就是想你了，给你打个电话听听你的声音。"母亲在那边沉默了一会儿，忽然说了一句"谢谢"。朋友说，那一刻，他差一点儿哭出来。母亲这习惯性的礼貌，让他羞愧，也让他心疼不已。

四

我父母的老房子要拆迁了，由于房产证上写的是祖父的名字，需要通过各种手续才能证明这房子归他们所有。我只好请假回去，足足跑了一个星期，才把各项事宜办理妥当。当我把父母接进了崭新的楼房，把写有父亲名字的房产证交到他们手上时，母亲突然说："谢谢俺的老儿子，帮我们办这些事，费老大劲儿了！"

我说："这就是儿子分内的事啊，怎么还成帮忙了呢？"母亲笑着，没再说什么，只是不断叮嘱父亲去多买一些我爱吃的菜。

母亲不舍旧物，很多都搬到楼里来，比如一个有些年头的脸盆，也偶尔用它来洗菜，接水浇花。艰难的时候，还用它接从屋顶上漏下的雨水，也到外面撮过雪拿回家里的炉子上化成水……那个具有多种功能的脸盆，就很像我们的母亲。我们的日常皆由母亲打理，衣食起居、吃喝拉撒、缝缝补补……她每天都井井有条地忙作一团，一辈子都在操心劳神，我们又何尝说过一句"谢谢"？而我只是做了一件微不足道的小事，她竟如此虔诚地向我表达感谢。

我的心里不免五味杂陈。

第一百五十六张票根

自从那个晴天霹雳般的秋天起，妈妈的脚再也没有停下来，一直在奔走着。妈妈的心再也没有闲下来，一直胀鼓鼓地装着女儿，因为女儿被囚在高墙深院里。

那一年女儿刚刚二十岁，如花的容颜，瞬间凋残。

女儿是因为恨才铸成了大错。女儿恨她爸爸，更恨那个夺走她爸爸的女人，于是在一个风雨交加的夜晚，动了杀心。女儿只是想让妈妈解脱，想再一次缝补好家庭的裂痕，让温暖重新裹紧她和她的妈妈。在她举起刀子刺向那个女人的同时，也深深刺伤了自己。她的美丽年华在那一刹那，被她自己掐灭了。

妈妈每月一次入监探视的日子，便成了女儿的节日。监狱里的日子静如死水，但因为每月都有那样的一天能见到妈妈，女儿心中便会不停地泛起微澜。那个日子阳光普照，那个日子鸟语花香，她认真地数着妈妈走后的日子，每天在她的床头画道道，多少次在梦中提前过了她的节日。原本暗无天日的生命因为有了这个日子，而变得异常美丽。

妈妈又何尝不是如此？女儿带走了妈妈的阳光，抽干了妈妈心头的灯油。妈妈心上的那盏火苗，却因为这样一个日子而没有熄灭。每次探视，妈妈总是提前准备，女儿爱吃的小点心，喜欢的小玩意儿。只要是认为女儿喜欢的，妈妈就下功夫做，舍得花钱买。从晚上回家开始，就琢磨着下次去该带什么，一直到下一月该去的时候才算是准备好。大包小包一个又一个，在火车上还可以，下了车，还有五公里的路程没有车，只能是步行。妈妈常常累得气喘吁吁，直不起腰来。

多少次，管教总说不允许从外面带那么多东西。妈妈总是好说歹说："她姨，就留下吧，不是买的，是我昨天晚上才做的咸菜和一点儿小点心，没有别的，让孩子留下吧。"每每妈妈让管教无话可说时，其实管教总是被感动，那个白发的老妈妈，谁又能忍心再让她背回去呢？谁又能拒绝妈妈那颗善良的心，谁又能拒爱于千里之外？

她们一个在高墙内，一个在高墙外，度日如年。更让女儿疼痛的是，每一次见到妈妈，都发现妈妈又老了一些。每一次，她都会为妈妈拔白头发，渐渐地，开始拔不过来了。她总是一边拔一边不停地抽泣，把妈妈的白发用一个小盒子装起来。妈妈似乎看出了她的心思，每次去都先去染黑了头发。尽管如此，仍旧无法阻止妈妈的衰老。

皱纹同样过早地爬上了女儿的眼角。十三年了，如花少女的她一路走来，转眼间，花已凋零，青春不再。铁窗高墙阻隔了她的高飞远行，但阻不断她对妈妈的思念和妈妈对她的爱。她后悔自己的倔强和任性无知，在风雨之夜犯下滔天罪行，手铐铐住的不只是她的手、她的身，还有妈妈的心，在一点点地被揉碎，还有妈妈的泪，被一滴一滴地掏干。

无论严寒，无论酷暑，无论风雪交加，更无论大雨滂沱，妈妈总是如约而至，从未迟延。每次来，她都会管妈妈要上来时的火车票根，她那本漂亮的纪念册上面粘贴着一张张的火车票根，所有的票根都是从 Q 地开往 Z 地的，整整十三年，一百五十六个月，三万多公里，那是母爱的路程。

一百五十六个月，但她的纪念册上只有一百五十五张票根，怎么独独缺少一张呢？

原来，她出狱前的最后一次探视，是那个冬天最冷的一天，刮着凛冽的北风，下着大片大片的雪。她既担心妈妈被冻坏而不希望妈妈来，又不停地走动，焦急地盼着妈妈的到来，她的纪念册上就缺这最后一张票根了，然后，她就可以合上它，重新开始她的生活。可是妈妈始终没有来，她开始忐忑不安起来，担心妈妈出了什么意外。直到第二天早上，妈妈才蹒跚着来了。因为雪下得太大，不通车，妈妈是一步一步走来的，整整走了一天一夜。来的时候已经过了探监的日期，但管教们破例让妈妈见到了她。她跪在妈妈面前，捧着妈妈那双冻伤的脚，号啕大哭。管教们跟着动容，齐刷刷地跟着落泪。

她在纪念册的最后一页，那个本该贴上最后一张票根的空白处，画上了一双脚。那是妈妈的脚，一双冻伤的脚，一双不停奔走的脚，走过的脚印里都是深深的母爱。

那双脚是她积攒的第一百五十六张票根，母亲探视的终点，她新生的起点。

空白的女儿

　　女儿，你是空白的，这多好。没有爱恨情愁在前面等着你去心力交瘁，没有是非曲直等着你判断评说，你空白的心里，只有奶白色的梦幻。

　　女儿，你在梦里哭了，婴儿的梦里，到底有什么？这是永远无法揭开的谜题。我不能喊醒你，却又无法进入你的梦里去解救你。就像有一天，我老了，躺在病床上，无力再去擦拭你脸上的泪水，我是一个多么无力的父亲。

　　我喜欢抱着婴儿时的你去公园，我想看到你在看到你生命中第一朵花时的样子，听到第一声鸟鸣时的惊喜，我是在借你的眼睛，你的耳朵，回到自己的懵懂年华，借助于你的眼睛，我可以变成星星，变成蛐蛐，变成毛毛虫，甚至，可以变回一滴露水。

　　女儿，你刚刚能坐起来的时候，整个地球都在你的屁股下面，缓缓转动。对于你来说，整个地球，都不过是你的磨盘而已。就算你不小心尿了床，我也当作是磨盘上磨出了新鲜的汁儿。

"蛐蛐在哪里呢？"你问。

"在墙角的缝隙里。"我说。

"它们是不是困在里面出不来，在喊救命啊？"你说你想救它们出来。

蛐蛐儿似乎听见了我们的对话，叫得更欢脱了。

你说，时钟有四只脚。我说，时针、分针和秒针，明明是三只脚，第四只脚在哪里呢？你说，一定有第四只脚的，你看不到，我也看不到，但是我相信，一定会有的，不然，它们怎么走得稳啊？

你起床，打开窗，看到了窗外的雨，你和我说："爸爸，不知道为啥，下雨了我就想哭。"小小的女儿，你的心是如此多愁善感。

你的问题总是让我猝不及防。比如你问，夏洛为何会死？我只能告诉你，小蜘蛛夏洛为了救它的好朋友小猪威尔伯才死的，你不想让他们死，那你就拿起笔，接着把这个故事写下去好不好？让夏洛活过来好不好？

你满意地应着。

你那颗居住在童话里的心，是不能感知尘世的险恶与悲凉的。所以，有时候，不知道该如何向你解释我眼里看到的一切。就像，不知该如何对月亮解释寒冷，如何对爱人解释爱，如何对花朵解释芬芳，如何对仇人解释恨？

我只能尽力地，把你的心灵向着阳光的地界，缓缓地拽。

夜里，你忽然问我："爸爸，白天堆的雪人，自己在外面，会不会害怕？"

我说："它要是害怕，该怎么办呢？"

"那我就去陪陪它。"

或许刚才雪人还是害怕的，但是现在不怕了，因为你把一颗勇敢的心，通过你自己，传递给了它。

你偷偷爬上屋顶，用一根粘蜻蜓的杆子，在那里专心致志地，粘那些最矮的星星。这是只有漫画中才有的场景，我不忍打扰。我会帮你记住这一刻，等着将来的某一天，当你对生活充满厌倦，或者因为劳累而埋怨，我就会和你一起拉开这一幕——女儿，虽然你无法把星星粘住，但是，那一刻，你是离星星最近的人。

你看到的云，一手拿着橡皮，一手拿着画笔。那云一会儿被擦掉，一会儿又被画出来。女儿，我一直在学着你那样去看一朵云。如果云朵掉下来，我便不会躲闪，我会从它柔软的心间穿过，淋一身雨，带着潮湿的气味，回到阳光下，慢慢烘干。

女儿，你是空白的，所以，你装得下全世界的倒影。

我想把月季、芍药、金达莱都别在你的头上，给你一段香气，等你长发及腰，等那个爱你的男子，继续把一些知名的和不知名的花，别在你的发梢。

我对那个男子有这样的要求——给你以居所，永远不要让你颠沛流离；给你以葳蕤，永远不要让你心生荒凉；给你以琴弦，永远不要让你的乐音停止；给你以永远的爱意，如同空气和水。

如果我是神，我将尽我所能赐予你应有的幸福，但同时会赐予你空空的篮子。因为更多的幸福，是需要你自己去采撷的。

女儿，如果可能，我愿意再苟活数十载，以便能分走你将来或许会遭遇的所有的苦。而此刻，我唯愿你是空白的，你越是空白，那里的山川就会越辽阔；你越是空白，那里的鸟声就会越婉转。

我愿执笔，在你空白的雪地上写下第一个字：爱。一生的幸福，也必将从此刻开始纷纷扬扬。

第二辑：与万物耳语

　　我要告诉你的是，当你选择了像植物一样沉默，便是选择了向自然皈依。不管是人还是动物、植物，乃至于石头，在阳光面前，都只剩下一个身份：影子。

　　与万物耳语，就是在与自己的影子耳语。

——《与万物耳语》

木字旁的人生

　　"盛开的玫瑰是给业余爱好者观赏用的，而园丁的快乐则是另一种更深层次的、类似于接生的快乐。园丁死后不会因为吸了太多花香而变成蝴蝶，他们只会变成蚯蚓，一点点地啃着黑乎乎的、含氮的、略带苦味的泥土。"我知道，你一定和我一样，深深地被卡雷尔·恰佩克《一个园丁的一年》中的这段话打动——那些"蚯蚓"，多么像平凡、普通的我们，因为奉献而闪耀光芒。

　　园丁是令我艳羡的职业。一颗亲近草木的灵魂必然是芬芳的。与其说他在照看那些花草，不如说那些花草在照看着他。他每天穿梭于花草之中，慢慢就忘却了自己的苦痛，一颗受伤的心也被治愈。当然，互相给予，也是人与草木间和谐相处的最好方式。人因草木而丰盈，草木因人而葳蕤。

　　我喜爱草木，看见整齐的草坪，就想躺下来与它们亲近。

暮色中，陪一株桂树看河水，或者是，陪着河水看桂树。浓浓的桂花香提醒我，它才是主角。那一刻，我觉得，自己正在被一棵树偷窥，但一点儿都不妨碍我继续敞开。

我把一棵树当成心里的一座房子，生于斯长于斯，也必将埋葬于斯。那房子永远不会倒掉，因为它的根系足够庞大。

我从故乡的草丛里走过，闻到久违的芳香。上车的时候，我的身上挂着一粒苍耳，我并没有扔下它，带着它吧，也算是我从故土带回来的一份念想。苍耳，喜欢粘着我们，不管不顾地爱着我们。而我曾经一次次地将它丢弃，因为它粘人的样子让人心生烦乱。可是此刻，它像我蹒跚学步的孩子，牵着我的手，不肯松放；它又像我衰老的母亲，只认得我，跟在我身后，亦步亦趋。

连绵不断的雨，像一条癞皮狗，死乞白赖地咬住九月的裤脚。许多花，一瓣一瓣剥落，人们只闻到花香，看不到花朵的眼泪。一朵被摘走的花，它生命的余温是还残留在茎叶上的花香，被惊走的蝴蝶因惦念它再一次飞了回来。

秋天的草木里，我还会想起藤，它是一条绳索，用嫩绿的叶子伪装，用深绿的叶子装饰。你若与它相爱，它便做你的秋千；你若与它相杀，它便将你捆缚。越是深秋，它越是绿得恣意盎然。在一片萧瑟之境，它鼓舞着人心，借着一面墙或其他可攀爬之物，将触手无限伸张出去，所以，我们总能看见它张牙舞爪地铺满一面墙，那是它在号召晚秋里的植物们，一起把秋天再往回拉一拉。

在这么美的秋光里，草儿终于不再倔强，温顺地选择枯萎。它们将得到我的祝福——我祝福每一棵草都能满足地对生活点点头，我祝福每一朵花都不会让人摘走，凋零在枝头，就像，祝福一个人可以埋葬在故乡。

阿兰·德波顿在《旅行的艺术》中说："假如我们可以将一种游山玩水的心境带入自己的居所，那我们或许会发现，这些地方的有趣程度不亚于洪堡的南美之旅中所经过的高山和蝴蝶漫舞的丛林。"的确如此，心有草木，每一步都是曼妙的旅行。每一步，也都在慢慢走出一段木字旁的人生。

于是，我贴紧大地，假装自己是一株草木，如此，才能躲过俗世里欲念的追杀。一个人，不能因为没有吻到心爱的人，就把嘴唇定义为失败的嘴唇；不能因为没有登顶高峰，就把双脚定义为失败的双脚；不能因为没有长生不老，就把身体定义为失败的躯壳；不能因为没有握到那柄至高无上的权杖，就把一生定义为失败的人生。

钱穆先生痴迷于侍弄花草。其夫人胡美琦回忆说，那时候二十多平方米的小房子里，竟然养了大大小小近百盆花草，摆满了窗台、柜子、书桌、茶几、阳台。他用栽花、赏花代替了一部分运动。他喜欢围棋，但从不与人对弈，他觉得那样费时、伤神，所以，他总是自己摆棋谱，这亦是一种淡然的木字旁的人生。拥有了它，就上升了一个境界，心中无欲，草木葳蕤。

选择去花草间清修的人，必然带着一颗芬芳的心。你从不会看到蜜蜂们为了花蜜而争吵，也不会看到蝴蝶们因为花香而彼此争执，选择了草木，便是选择了无争之境——风并不催你上进，也不拽着你沉沦，只是那么轻盈地吹，吹落一朵花肩头的阳光，吹落另一朵花肩上的灰尘。

木字旁的人生，是自由生长，是万籁俱寂，因为草木不争，万物祥和。芸芸众生，随波逐流，且珍惜好你的木字旁，储存好你的香气。

春天的十二种颜色

米粒儿一大早忽然来了兴致，对妈妈说："妈妈，我想画你，春天的十二种颜色，你随便选！"

春天的十二种颜色——或许她也说不出来具体都是哪些颜色，她只是用了一个模糊的数字，我却喜欢上了这样的表达。

这是属于孩子的诗。

而春天，到处都排列着诗。有诗路过的地方，香气冲天。

春天，又何止于十二种颜色？

河面上还有些许浮冰尚未融化。冰是水的修行，春风一度，便可羽化成仙。

赤橙黄绿，皆为风景，这风景，是用思念拍下来的，从远方寄来，也将寄往远方。

我看到的，并非风的吹拂，而是狗尾巴草拼命地拽着风，非要把它拉到自己的脚边，陪它玩耍。

春天在我的身后掉了一些花瓣。修剪草坪的人被草没过了双脚。

阳台上那盆蟹爪兰终于开花了。打从它进家门，就一直没个笑脸，好像我们欠了它几两春风。老婆精心伺候，终于等到它冰冷的心回暖。我想，一朵花的坚持，是为了等候那个爱它的人出现，把它捧在手心，热泪盈盈，这是一朵花的胜利。

一只蚂蚁步履缓慢地爬上一朵花的花蕊。稍做停留，便匆匆爬下去了。它并不采蜜，似乎只是好奇，为何蜜蜂和蝴蝶要那么执着地亲近一朵花？到底有什么好呢？蚂蚁想不明白，但它回到同伴中去，还是很骄傲地炫耀了一番："我爬到那朵花的头上了，看到了它最美的一面。不信？你们闻闻我触须上的花香。"

爆米花师傅跑到杏树上，爆了一整夜的米花。我知道，他还会马不停蹄地跑到梨树上，桃树上……这个季节，他是最忙碌的爆米花师傅。

带着养老院里的老人们去看开得正旺的杏花，然后看看他们的眼神。经历了一生，淡然的他们是否还会被杏花点燃？

再领着孩子去看杏花，看看小孩子的眼睛里会荡漾出什么样的波涛？

不论老人和孩子，对着燃烧的杏花，无一不露出欣喜之情，那是天降的慰藉，把老人心间的皱纹熨平，把孩子头脑里的混沌拨开。

春天的十二种颜色里，肯定少不了樱桃色。

樱桃，多美好的名字，听着、看着都亲切。

它们小小的，圆圆的，红彤彤的，是这春天里的火苗，一颗一颗，稍不留意，便已"星火燎原"，把整棵树都烧红了。它更像这春天里的小小心脏，在微风里生生不息地跳动。我爱樱桃，以及樱桃一样的女子。

春天的十二种颜色里，应该也不会少了乡村的快递员。

诗人王二冬的诗歌《乡村使者》，写出了这样一种温馨的场景：

> 小小的包裹填补了城乡的裂痕
>
> 她把瓜果交给快递员，父母尝到女儿的甜蜜
>
> 她把围巾交给快递员，丈夫在异乡不再寒冷
>
> 她偶尔也把无名的悲伤交给快递员
>
> 没有地址的收件人像一棵与时间对抗的树
>
> 不知道送给这一棵还是那一棵
>
> 他有时觉得自己也是收件人，自己
>
> 也被这个村庄里的人和万物爱着
>
> …………

阳光照进来，暖暖的，温度适宜，我就像一颗上好的豆子，把自己剥个干净，终于可以放心地发芽了——那是长在

梦里的诗句。

　　我要善待自己的躯体，尤其是每天保持写作的手指，以及可以站稳的脚跟。

　　我要努力地爱我爱的人，尤其是我那小小的女儿，她一个小小的趔趄，都会引发我慌乱的雪崩。

　　女儿，你且只管豆蔻初开，亭亭玉立，楚楚动人，娉婷婀娜……美好的词语，我都帮你抢过来，给你占着，注册到你的名下。

　　人间有情，万物安详。春天的十二种颜色，其实只有一种颜色，那就是爱的颜色。

　　时光总是流逝得如此迅疾，我总觉得春天才刚刚上路，就被夏天半路劫走。

　　画眉鸟突然叫了几声，是惊？是喜？没人能听得清。

　　鸟没有周末。每一天又都是周末。阴天和晴天，它都鸣叫，从不厚此薄彼。

　　窗帘能隔开白天与黑夜，但隔不开春天的鸟鸣。

　　这是一个将功补过的春天，用真诚和苏醒的爱，制成一粒粒药丸，缓解着人间的疼痛。

和草木谈心

从一棵草开始。从一棵草的摇动开始。目测它有几寸的腰身，如同目测心仪的女子，什么尺寸的旗袍才最合身。从一棵草的摇动，去捕捉风，这疯跑了一夜的家伙，此刻，正躺在草丛里，拥着蚂蚱、草蛉和金龟子，无忧无虑地酣眠。

不知名的小野花们，蹑手蹑脚地开着，让匍匐已久的一方山水，站了起来。草儿们欢欣鼓舞，不在意人类的赞美或者鄙夷，长一寸是一寸。

草木会自己梳头，也会拥抱着自己舞蹈，草木自有草木的风骨，无需人类去自作多情地照顾。你看天上，五级风正在搬运一片白云；你看风里，礼貌的小草不停地点头致意；你看花间，蜜蜂们拥挤着，吸吮生活的蜜。

诗人们也拥挤着，赞美生活。同时发出他们的疑问：你只看到了叶子的绿和黄，你看到叶子的慵懒了吗？你只看到了月亮的圆和缺，你看到月亮的寂冷了吗？

掉落在地上的那枚松针，那么细小，谁也不会相信，它正在撬动森林。庞大或细小的寂静草木，始自深情地根植，兴于兢兢地生息，恪守着内心的丰盈。

冯唐说，没有花草，我靠什么形容她啊？看吧，草木还可以辅助人们去恋爱。

桃树没有因灿烂的花朵坠落而悲痛欲绝，它在等待叶子再一次莅临枝头，它知道自己生命长久的岁月里，是平常的绿色和饱满的果实，而非粉红色的一时惊艳。

这一切都告诉我，如果没有草木，江山成何体统？

朱光潜在《厚积落叶听雨声》中说，"人的最聪明的办法是与自然合拍，如草木在风和日丽中开着花叶，在严霜中枯谢，如行云流水自在运行无碍，如'鱼相与忘于江湖'"。

与自然合拍，甚好。人间草木都是我的亲人。

一只蝴蝶，和一朵花，相互凝视，就如同美人，在照着镜子。我想，一个人凝视深渊太久，也将濒近深渊；凝视一朵花，久了，就会变成一只蝴蝶。

高的树和低的树有什么区别？高的草和矮的草有什么分别？都是一样在接受风的抚摸或者鞭打。自然万物，不分高低，从无高贵与卑微之分。这就是我们需要向草木学习的地方。

所以，我们需要去花草中坐下来，和草木谈谈心。与山水交友不累，和草木谈心最真。和草木谈心，才能忘了尘世的烦忧。炫富者，为富不仁者，都是令你血脉偾张厌恶的对象。很多人会讨厌成功者，但往往讨厌的不是成功本身，而是某些人成功之后那副盛气凌人的嘴脸，尤其是，他们利用成功之后获得的金钱、权力、名声等，去欺压和凌辱别人。当然，也有一种烦扰来源于你自身的劣根性，你的朋友失恋又失业，你感觉很糟；你的朋友升职又加薪，你觉得更糟。

　　秋后的沉寂，更有哲学的况味。这时去看满山的枯木和荒草，比看那些争艳的花朵更有趣。草木老去，只是一瞬间。草木返老还童，也是刹那。

　　非常佩服约翰·缪尔，我觉得他是真正的自然之子。一次，他和爱默生骑马穿越森林，不断让爱默生留意兰伯氏松，并指出这些树像国王和牧师一样尊贵，它们是所有森林中最雄辩最不容置疑的布道者，在它们四周围满的密密层层的祈祷者中，它们伸出年龄有一个世纪的臂膀，进行着祷告。只可惜爱默生由于身体欠佳，意兴阑珊。在一座高山上，约翰·缪尔与满天繁星共度一夜，黎明时带着清新的心境走下山去。他说，将来，无论你的命运如何，无论你遇到什么，你将永远记住这美好、自然的景象，当你回忆起你在这片古老而又神奇的大地上所做的游历时，你的心中永远都会充满喜悦。

　　人需要向草木学习的地方还有，它们只要遇到阳光和雨露，总是一点儿也不浪费，把每一寸阳光和每一滴雨露都用到极致，以完成这难得的存在。

所以，大自然才是最伟大的艺术家，人间的一切，均是它的杰作。天阔，水蓝，一行白鹭，风吹草动，万物如此般配，比例协调，画家和诗人，再伟大的杰作，都不过是在照搬而已。

既然如此，就坐下来，静静地看这伟大的艺术家是如何创作的，看它挥洒阳光和雨露，握着万千草木，一挥而就。坐下来和草木谈心，你会发现，身体里仿佛也生着草木，也在随着季节繁茂或者凋枯。我也愿意像约翰·缪尔那样，做一个心中有草木的人，让耳边时刻回荡着布谷鸟的欢叫……可是此刻，我却更为关心，到底是什么样的风，可以把脏乱的人间再一次吹蓝？

丁　香　绕

　　楼下小花园里的丁香开了，一波又一波的香，环环绕绕，奔袭而来！

　　丁香花的个头极小，很单薄，但它们懂得抱成团，簇拥着，一串串，相扶相携，如此，才有了和别的花朵争芳的勇气和信心。

　　道路两旁的花树被修剪得整整齐齐，唯独它们不守规矩，淘气地向外探着脑袋，闪着不受束缚的、自由的光，像挂在竹篮外面的彩色铃铛。

　　虽然淘气，但它们并不做张扬之事，不像桃花和杏花，日本艺伎一样，比着往脸上涂脂抹粉，争分夺秒地献媚，以求春天的恩宠。只是，妆化得太浓，总显得不健康，萎谢得自然也快，失宠的花瓣蔫巴着，如同用旧了的手帕，百褶丛生，看上去甚至不如一棵草漂亮。

丁香花们却精灵得很，一个个仿佛商量好了一般，有先起床的，有后洗脸刷牙的，反正，都不在同一个时间做同样的事，这样，你就会看到，整树的丁香花此起彼伏地开放，这边的落了，那边的开，所以，它们的花期看上去比桃花和杏花要长许多。

丁香，绝不是什么高贵的名花，是普普通通的属于市侩的花，它们是这个城市里最多的一种花，超市门口，烧烤店前，大排档旁，都能寻到它们的身影，探着头，好奇地打量这个光怪陆离的尘世。有时候被烧烤店的煤烟熏黑了眉毛，有时候被大排档里的客人用啤酒浇了头……即便如此，只要一场雨就够了，它们就会让自己变得干净起来，香气也依然纯正。冬天，它们的花落了，藏起所有的香气，可依然大有用途。浑身被挂满一串串彩灯，天黑下来，它们就会以另一种方式灿烂着。

每天清晨，伴着一阵阵花香传过来的，还有豆腐脑、果子、油炸糕、葱花饼们的香味。小贩们的吆喝声也各有不同，有的急促，有的低缓，有的一咏三叹，有的荡气回肠，吆喝声对顾客的招揽作用很大，但最重要的，还是你做的吃食味道要好，价格也合理，为人更要热情。

这几个小贩因为都是残疾人，所以受了市里的特殊照顾。市政府给他们开了"绿灯"，也使得他们有了一个自力更生的营生可做。每天早上，几个摊位我都尽量光顾到，在"独臂张"的小摊上买一碗豆腐脑，在"哑巴西施"的豆腐摊买块豆腐，在"铁拐李"的小摊上买个葱花饼，在"盲阿婶"的小摊前买碗馄饨……

他们也懂得感恩，知道这份营生来得不易，每天早上忙活完，都不忘把地面收拾干净。三轮车推走的时候，一点儿垃圾都没有留，这里好像根本没有人卖过东西一样，只剩下吆喝声，留在人、树木和花草的耳膜里。

贫贱、低微，但洁身自好，这一点，他们和丁香很像，都是在拼了命地把香气挤出来，活出一点儿奔头来。人世间，每个人都一样，都有属于自己的香气，但凡你有骨气，活出自己的气势来，都会开成一浪香过一浪的丁香花。

回到家，妻子并不讶异我买来的早餐花样繁多，也没有被葱花饼的香味吸引，而是在我身前身后走了一圈，抽抽鼻子，惊呼道："你的身上，怎么有那么多丁香花的香味啊？不知道的，还以为你一个大男人，沾了我们女人用的香水呢！"

听一声虞美人的轻叹

"虞美人是什么?"

"是一种像纸一样薄的花儿,一枝茎上生出一朵花来,稍稍低头,色彩极为艳丽,风一吹,会变成蝴蝶的那一种。"

这种花,就像那些柔弱的女子,总有一颗刚强的心。它们不能容忍自己的清白被玷污,不能容忍自己的爱情被抛来抛去。像纸片一样薄的花儿,如果决绝起来,会凛冽成锋利的刀片,割断那些美好的过往。

那细细的茎,柔弱至极,那花瓣展开着,异常单薄却婀娜多姿,就像古代那弱不禁风的美人穿着美丽轻盈的丝绸,轻移莲步缓缓走来。也许这花儿真的是虞姬的鲜血幻化而成,所以在古代寓意着生离死别和悲歌。它的花语也那么特别:白色,代表安慰,红色,代表顺从。

"你听,它在轻轻地叹息。"

我附耳过去，听到了一世红颜那散落一地的千古柔肠。

是虞姬的血染红了它们吧，我第一次感受到，红色也可以那么清冷。

虞美人生来就与悲剧相连。生来就被诗人想起它，就要拿出几分悲来，才能写出她的凄凉。据传，当年虞姬别了西楚霸王，自刎后，她流血的地方开出来的花，从此就被叫作了虞美人。只因它曾经被一美人借用了去，做了一下自己魂魄的转世，从此，人们就再也难忘。

霸王别了虞姬后，辗转几百年，轮到李煜别美人，结局还是一样。一样的，留下一个《虞美人》绝唱。

那是我在一本很小的书里，读到的一段关于李煜的故事：

> 亡国以后，李煜寄人篱下苟延残喘，直到有一天，他的妻子女英被宋太宗赵光义强奸了。
>
> 妻子被召进宫时，他是有预感的，所以把自己灌得烂醉。女英带着一颗破碎的心从宫里回来——
>
> 他醒了，看了已经破碎的妻子一眼，无言，但慢慢地伸出双手，将妻子拦腰抱住。他的头颅偎依在妻子的胸前，他低唤着："女英，女英……"
>
> "嗯……"她幽声应着，"女英，你的破碎的妻子。"
>
> "女英，不要如此说，女英，我们……"他艰难地接下去，"我们都已破碎……"

那是我读过的，最凄凉哀怨的破碎的心。深秋的落叶从窗外飘进来，准确无误地落地我的桌面上，我仔细地端详它，像观望自己在那一颗战栗着的心脏。

我合上书页，用一瓣风干的虞美人做了那本书的书签。

虞美人，一生都在寻觅着最洁净的河流，寻觅着最美丽的坟。

虞美人，很少有花能开得像它那样，艳丽而妖娆。当然了，它和罂粟是同科，曾经有不少同伴，被人误会是罂粟而惨遭毁灭。

不知道该说是人类的无知，还是怪它们太过妖娆。那么薄的花儿，风再大，却也吹不散它。可以令它破碎的，不是迅疾的风，而是百转千回的谎言和深深的误解。

远远地看去，它有着触目惊心的美。从来没有见过一种花艳丽如此却又给人娇柔可怜的感觉，那薄薄的花瓣，润滑如丝，每当我小心翼翼地拈下花瓣夹在书里，总会一不留神就弄破了它。

在我的印象中，过于明艳的美人似乎总会缺少楚楚可怜的韵致，反之，瘦怯凝寒、弱不胜衣的少女则应该是清秀而非艳丽。然而虞美人却不，它偏偏是艳色夺人又婉转纤弱，让人又怜又爱。特别是雨中的花朵，带着晶莹的雨水，仿佛饱含无限的委屈伤心，我常常撑着伞看着雨水顺着娇艳的花瓣滑下，心中泛着酸楚。

虞美人，勇士们眼中不可替换的爱人。

有这样一副对联：

　　使君子花，朝白、午红、暮紫；
　　虞美人草，春青、夏绿、秋黄。

使君子花里，说的是它一天的颜色，而虞美人草里，说的是它一年的颜色。君子的心，一天就变，而美人的身，一年就老。

芳华易老，红颜薄命，这是不是虞美人的另一声叹息，另一种哀愁呢？

姓葳名蕤

草木繁盛，人间喧嚣。我愿藏身于草木，更名换姓。改成什么呢？一个大男人，叫什么才不容易被认出来呢？葳蕤吧！从此，姓葳名蕤，隐于四野，匿于山川。

从此，我便与草木融为一体，更深切地感受四季。我会看到一朵花模仿另一朵花的模样，也模仿芳香。大批量的复制和粘贴，呼啦啦一个满园春色，绚烂至极，无以复加。没有一朵花因为抄袭而成为被告，热闹的花园里，一派祥和。

有晚醒的花，开得更艳，它们或许知道来之不易，时日无多，所以，咯血一般，吐出体内所有的红。

有垂柳，披着一肩秀发，寻找着自己的新郎。

草植们卑躬屈膝，争先恐后地介绍着自己。一株草药，可以有很多个名字，所以，它需要点无数次头。

一棵棵小草，是一个个战战兢兢举起的小手，回答着有关于"春风吹又生"的问题。老师给予的奖励，是在它们的胸前，别上一朵朵灿烂的小野花。那是诗人陈梦家笔下的一朵朵野花，"在荒原里开了又落了，它看见青天，看不见自己的渺小"。野花的确并不在意自己的渺小，它的璀璨，是给肯于俯下身去的人看的。

我属虎，我不愿意谈这是老虎的虎，我愿意说是爬山虎的虎。我从不具有王者之相，但有生生不息之气。我咬住一面墙，就是咬住了整个夏天和秋天。

顺着生活的墙壁，爬上时间的枝头，慢慢变成竖立着的皱纹。

缠绵是藤蔓的灵，妖娆是罂粟的魂。听我这样说，罂粟扭动了一下腰肢，散出一缕诱惑的毒。

我无需发声，鸟儿在头顶，替我表达了一切。在大自然面前，任何一句话都是多余的，将你想要表达的喜悦和惊讶，都交给一只鸟吧。鸟声，是自然界的官方用语。

有一些叶子，顽强地挺过了寒冬，一直在树上挂着，可是春风一吹，便纷纷飘落，它们终究还是抵抗不了温柔。

地上有无数的松针，是不是可以拿起它，去缝补一片树叶的虫洞？

最古老的树，也能生出最年轻的叶芽，所以，我逐渐老去的身体，并不妨碍灵魂生出年轻的叶子。

叶子不悲不喜，落与不落，都无关痛痒。树枝就像树的手臂，高高举起，但再高的树枝，也不会对天空构成威胁。

今早的叶片上，住着昨晚的雨水。它们呼唤着，我心里还未绽放的那些花。

少不了丁香。你可以不相信别人的花言巧语，可以不相信路遇的每一个人，可以不相信天气预报，可以不相信爱还会来，但你总该相信这些丁香，总有适合的季节，让它们开放。

也少不了深秋里的菊。严寒将至，草木皆兵，唯有它，挺着脖子，炫耀地开着，绝无半点"枪打出头鸟"的担忧。

更少不了冬日里苦涩的腊梅，开放的时候，没有一片叶子，给予它鼓励的掌声。独自守着老院子，忘不了人间的伤心事，每想起一件，就落下一朵梅花。

风弹着琴，对抗孤独。风是山川的君王，不慌不忙，打理着它万里江山的每一株草木。松鼠们收集松果准备过冬，我伸手向它们问好，它们却以为我要抢夺它们的口粮，紧紧抱着，一溜烟地逃之夭夭。

马可·奥勒留说："一般人隐居在乡间、在海边、在山上，你也曾最向往这样的生活；但这乃是最为庸俗的事，因为你随时可以退隐到自己心里去。一个人不能找到一个去处比他自己的灵魂更为清静——尤其是如果他心中自有丘壑，只消凝神一顾，立刻便可获得宁静。"

我在城市里，与我在草木中，是两个世界。一个世界可能包含着另一个世界，一个世界可能威胁着另一个世界，一个世界可能期望着另一个世界，一个世界可能怀念着另一个世界，一个世界可能飞向另一个世界……

我藏身于草木，医治各种创伤与顽疾。生命本身暗藏着刀枪，一不留神，就容易中弹挨刀。在草木之中，我渐渐领会，人生没有一寸光阴是多余的，也没有一个伤口是多余的。还有虚荣，这是我在城市里落下的病根，总喜欢说自己"过五关斩六将"的过去，却不愿提及"走麦城铩羽归"的不堪。与人有隙，皆是别人的毛病，关键时刻，唯有自己力挽狂澜……在草木之中，我慢慢感受到平静的力量，那种向内的吸力，向下的引力，足以使这些草植们把根扎得更深，再大的风也无法将其连根拔起。

挨在一起的草木，从不争吵，待多久，也从不腻烦。所以，世间最恩爱的，便只有草木。

草木葱茏，山河璀璨，人与万物同呼吸，守好你的泥土，稳稳地扎根，做好自己，就够了。

电影《1984》里有一句——"栗树荫下，我出卖你，你出卖我。"

我藏身于草木。我想，假如有一天我被出卖，那肯定是葳出卖了蕤，或者蕤出卖了葳。若非如此，我会将自己藏得很深，深到一朵花的心脏里，深到，一棵草的血管里。

藏身于草木，我竟有了贪念，想生养更多的孩子，并乐于给他们取名，男孩统统叫葳，女孩一概叫蕤。

山的鬓发间簪满了狐狸

狐狸奔跑着，小巧的爪子把山踏出了灵性。鼻尖上似乎悬着一环小蛮风，看人的眼神，也是夺魂摄魄的，怪不得，蒲松龄老先生要把狐狸和女子扯上关系，因为她们都有着"媚"的共同点。鸟儿的欢歌此起彼伏，泉水流得都有了韵律，风也不再胡乱刮起，就连阳光，也是一绺一绺地从茂密的丛林射进来，手巧的，可以把它编成麻花辫子。

很是怀念狐狸满山跑的年代呢！那是一个多么充盈多么原始的大自然。可惜，"棒打狍子瓢舀鱼"的壮观景象一去不返。

狐狸，多么充满灵性的动物。我不止一次将自己的写作比喻成一只咯血的火狐，在雪地上奔跑。

狐狸，当我敲击出这个名词的时候，它是形容词。狐狸，当我写下这个名词的时候，它也是动词。

一只只无拘无束的狐狸，装点了寂寞的山。

我看见了陈东东的一句诗："山的鬓发间簪满了狐狸"，那是多美的意境啊！只可惜，这样的意境正在渐渐变成标本，是人类沟壑难填的欲望将它们风干。

一个小僧人和我谈起过他见到的狐狸。

他说，有一只狐狸常年出没在这座寺庙的周围，寺里的僧人都认识。所以他很早便知道它了。有一次寺里的和尚下山云游，狐狸也跟着一同前往。在一片水边休息时，狐狸和他相互认识。绚丽的皮毛，鬼魅的眼眸，他笑，狐狸也在笑，他不笑，狐狸却还在笑。

云游结束后很长一段时间不见了狐狸，他倒有些想念了。大约过了半年之后，这只狐狸又开始频繁出现在他住的小院里。之后的几个月里，他便常与它为伴。虽然狐狸伶牙俐齿，玩闹时他常常会被它弄伤。但是总体来讲，那是一段让小僧人感到无比快乐的时光。

可是方丈知道后，做了一个让他惊讶万分的举动，老方丈还在受迷信的蛊惑，认为狐狸是妖媚的化身，和女色无异，于是每次狐狸来寺庙，都会被方丈驱逐。

我听着也觉得可笑，这老方丈仿佛是从古代穿越而来的法海，这么不靠谱的事儿也做得出来。

就算是妖媚的化身，又怎么了？那沉寂的山，因了这妖媚，不是更动人了吗？狐狸在跑，满山，便都是割不断的香气。

古代文人们喜欢隐居山林，狐狸怕也是一个主要因素吧。至于那狐狸成精，幻化成美女人形，不过是书生们的美好想象罢了。他们大多是过着穷酸的打光棍儿的生活，在尘世娶不到一房老婆，便用这种幻想安慰自己。不过，这幻想着实是美好的。

而当下，相比于活蹦乱跳的新鲜生命，女人们更喜欢死去的狐狸，因为她们要把狐狸皮围在脖颈上。一只死去的狐狸，装点了无数女人的虚荣。

下雪了，那样的背景里狐狸就变得更加美艳了。想象一下，下了雪的森林里，一片白茫茫之中，忽然闯进来一只火红的狐狸，那是怎样一番景象？你是急着拿起相机还是急着举起猎枪呢？我两者都不会选择，我只会放任自己的眼睛去注视，去追逐，那是我的注目礼，因为我在以前的文章里写过，见到美，是要行礼的！

与万物耳语

一切刚刚好，我剃了光头，硕大的雨点就砸上来，像木鱼，被敲击出慈悲的声响。雨滴怀揣着使命，敲醒沉睡的万物。

天上没有多余的东西，地上也没有。一头奔跑的犀牛，一只后退的甲虫，无论庞大的，还是弱小的，都不是多余的。活着，它们都散发着各自的星光。

大地是统一的肌体，所以，大地上的花草、虫蚁、牛羊与马匹，都是我骨肉相连的亲戚。所以，我喜欢贴着土地，与它们耳语。

闭上眼睛，春天就会提前到来。因为相比于色彩，泥土返青的味道，会更早地涌来。青草像小弹簧一样，"蹭"地就冒出来了。性急的几朵梅花，已经开始互相咬耳朵了。地面上缓缓爬行的虫儿们，是春天的光斑，是光的一部分。沉睡了一冬的心啊，都醒醒吧，春天的宴会已经开场，千万不要迟到。

有只越了冬的蜘蛛一出来就被冻僵在窗棂下，可它的触角还在挣扎着，一动一动的。这个傻瓜，在巢里多猫些时日多好。但我想，它的真实想法一定是：早一点儿爬进春天，就能多晒一点儿春天的阳光。那是它内心向往的繁华。所以，我不会多此一举送它回去，来且来吧，春寒虽料峭了些，总归也是春天的一部分。

我的内心蓄满雨水，渴望去浇灌，所有不期而遇的花朵。众多的花里，我只能见到两朵，一朵，倾国，一朵，倾城。

一只蜜蜂落在我的肩头，我并不担心它蜇我，我知道，它只是想告诉我，一朵它最喜欢的花，就要开了。

我希望自己，可以像一只重情义的蝴蝶，看到花瓣落地，便不再飞了。匍匐于落瓣之间，用自己奄奄一息的吐纳，为落瓣，注入最后一缕生命的呼吸。

蚂蚁，蚂蚁，你也是命，也有看人的眼睛。你的"天线"，能否接收到我的悲悯？

甲虫，甲虫，你是黄金铸造的吗？

苔藓，苔藓，你是风安置在石头上的家吗？

白鸽，白鸽，把你身上的雪，卸下来一点儿给我。

蜘蛛，蜘蛛，请帮我结网。

蚕儿，蚕儿，请替我闭关。

虫儿，虫儿，往里挪挪身子，让我和你一起居住在这树皮后面，听啄木鸟敲门。

…………

匍匐在最低处的，是草。没有草的路，空阔、平整，适合车辆的极速奔跑。只是，没有草，总让人觉得有些不安，因为在有草的路上奔跑，若跑得太快，它就会绊你一下，提醒你，慢一点儿。

秋天的时候，万物凋零，而大地之脉，依然蓬勃。比起高远的云，这凌乱的草，更能抚慰我心。青草铺就的地毯，把整个世间都给焐得暖融融的。就算野花散尽，一大片青草依然会向着远方，一路蔓延而去。

这些草，让我想到更多的草团结在一起的大草原。草原到底有何不同？这是萦绕心间的疑问。当我终于看到久违的草原之后，便有了答案。身前身后，有草有花，几匹马，一群羊，高空有鹰，低处有蝶，即便如此，也并不稀罕，在其他某处，不是一样可以看到类似的景观吗？这草原，究竟有哪些不同？

我知道了，是辽阔。这不仅仅指土地面积，也是人心的疆域。

至纯的微笑，是辽阔；醇香的奶茶，是辽阔；老阿婆脸上的皱纹，是辽阔；套马汉子的胸膛，是辽阔；一只羊眼中的淡然，是辽阔；一匹马蹄下的奔跑，是辽阔；马兰，烈酒，都是辽阔。

羊儿们小心翼翼，仿佛怕踩疼了草地，彼此传递着纯洁和信任，如同刚刚接受了洗礼。

跟随一棵草，彼此挨紧，与之相爱，并且让野火，来得更猛烈些吧。

还有那些贫穷的稻草，被搓成一根绳。成百上千根稻草，团结在一起，才是真正的救命稻草。我把酒一滴一滴倒给稻草人，它会喝醉吗？醉了酒的稻草人，还会记得看守粮食的任务吗？稻草人，我想用一首诗，为你带回一颗心。如此，你便听得懂我的耳语。

低处的虫儿，或酣睡，或缓慢地爬行。蚯蚓，从惊蛰那天，就开始了劳作。它兢兢业业地改善着土壤的结构，促进着植物的生长，保持着生态的平衡。可是，因为它是一味中药，可以售卖变现，让很多人动了歪心思，各种捕捉方法层出不穷，足以对其造成毁灭性打击的是"电蚯蚓"机器——将两根金属棒插入土中，打开开关后，电极释放电压，短则几分钟，长则半小时，蚯蚓便纷纷钻出地面，任人捡拾。所幸，这恶毒之法已有人关注并加以制止，否则后果不堪设想。

我一直认为，人间的诗人与地下的蟋蟀，是同一族类。蟋蟀在花间酿酒，诗人在月光里提炼白银，都在做着曼妙之事。

一只巨型的瓢虫，比其他瓢虫至少大两倍，很是少见呢！此刻，它身后跟着一群喽啰，仿佛旧时的天子，率着满朝文武，浩浩荡荡，垂巡天下。另外几只瓢虫爬上一座墓碑，与死者耳语。它们会说些什么呢？是探讨太阳爱耍小性子，还是谈论风的喜怒无常？

草丛里一闪一闪，像一堆碎在夜里的钻石。一只萤火虫似乎发出了某种号令，那么多萤火虫一起飞起来，在半空中，像失散多年的梦，一起飞到我的眼前来。萤火虫们在夜色中穿梭，忙着缝补夏天，唯恐它一块儿一块儿地消逝。像我小小的女儿，手捧着冰淇淋，小口抿着，一边不舍得吃，一边又担心它融化得太快。

略高一点儿的知了，是热浪里必不可少的浪花，在盛夏的午后有些蔫巴。断断续续叫一两声，虽然求偶心切，但这热浪里，它还是尽量省着力气，暂时断了那份念想。

我见过一些活过冬天的蝗虫，称得上是昆虫里的奇迹，像人类中的百岁老人，以节制延长寿命。大多数蝗虫通常只能存活三个季节，到深秋时，便走到了生命的尽头。但有一种，却是可以过冬的，它们体色枯黄，跟枯草颜色相近，待到深秋时节，便藏身在枯草丛中，能够安然度过寒冷的冬天，老人们管它叫"过冬仙"，颇为奇特。

再高一点儿的麻雀，在枝丫间你追我赶，仿佛叼着喜闻乐见的八卦消息，迫不及待地哄抢着。

再高一点儿的鸽子，蹲在房檐上，在冬天，是一团雪，在夏天，是一团不会融化的雪。

更高一点儿的燕子，从古代飞来，从典籍中飞来，长着一双不朽的脸。手持双剪，裁开风和云，雨和雾，兜转一圈，再将它们缝合。

更高处的鹰，不仅仅是灵魂部落的酋长，更是"黑袍祭司，孤独艺术家，佩戴闪电和雷霆的大侠"（阿信语）。在天空这张巨大的宣纸上，大雁们在写规规矩矩的字，而鹰，却在毫无羁绊地泼墨挥毫。

不管这些鸟儿们飞得多高，它们也终将从土地上获取活着的滋养。我们只管从一声鸟鸣里分辨出晨昏，如此，便是与它们的相濡以沫。

嘘！

我确定那一天，阳光明媚，和风舒缓。一个小男孩，把食指放到嘴唇上，对着我，发出"嘘"的一声。

他为何如此，他在守护着什么？我慢慢地靠近他，尽力不弄出任何声响。

走近了，我看见他的脚下，有一个鸟窝，里面有一只刚出生的小鸟，在那里睡觉，他对我轻"嘘"，是怕打扰到它吧。

那鸟窝应该是从树上掉下来的，需要再把它放回到树上去。不然，这只小鸟将凶多吉少。说干就干，我和小男孩一拍即合，我负责爬树，他负责把鸟窝托举给我，我们配合着完成了这项艰巨的工程。在这个过程中，小男孩又不止一次地向我轻"嘘"，示意我轻点儿，再轻点儿。

弄好之后，我从树上下来，拍拍小男孩的脑袋，说："这下好啦，小鸟和它的爸爸妈妈一定会感激你的。"

　　结果小男孩再一次向我轻"嘘"，他说他希望小鸟一直在睡觉，不知道眼前发生的这一切。

　　不想让一只鸟知道自己连窝一起从树上掉下来，也不想让它知道这窝又是怎样挪了回去，不想让它有这样一次惊悸的回忆，小男孩的话，唤醒了天使垂落的翅膀，令我感动和深思。瞬间，天地澄澈，万物温柔。

　　可是，温柔的对面，是冷峻的现实。此刻，我又分明看见，一棵树在奔跑，因为一把斧子的追赶；一片树林在奔跑，因为两把斧子的追赶；一座森林在奔跑，因为一群斧子的追赶。

　　可是能逃到哪里去呢？

　　我想起伊索寓言里那个关于树和斧子的故事：

　　　　一个人来到森林里，请求树给他一根树枝做斧子柄。树答应了他的请求，给他一根小树枝。他用小树枝做成了斧子柄，完好地装在斧子上，接着抡起斧子砍起树来。他很快就砍倒了森林中最贵重的大树。一棵老橡树悲伤地看着同伴被砍毁，无能为力，他对身旁的柏树说："我们是自己先葬送了自己。如果我们不给他那根小树枝，他就无法砍伐我们，也许我们能永久地站立在这里。"

　　树木用它们的慈悲换来了人类的残忍。

鸟儿们纷纷逃离，为找寻它们的天堂不忍收起翅膀，做一刻的歇息。

作为护林员的父亲一辈子疼惜树木，他常常在林子里字正腔圆地唱他的京剧，常常偎依着树木来上一觉，醒来后习惯地拍拍粗壮的树干，那样子好像在说："嘿！谢谢了，老伙计！"

父亲不止一次地叮嘱我，无论我们怎样寒冷，也不能砍倒一棵树来取暖。

可是怎么办呢？离开父亲之后，我在遥远的城市里渐渐养成了奢侈的习惯，对灯红酒绿无限向往，对纸醉金迷趋之若鹜。我喜欢盖着厚被，把空调温度开到最低，我有洁癖，上一趟厕所要用一卷卫生纸。我吃饭爱讲排场，一顿饭不剩下一半心里就不舒服，我穿衣爱赶时髦，家里有五个衣柜还放不下，我腿脚犯懒，五百米的路程也要坐车。

有统计数字显示，占世界人口不到百分之五的美国人，却消耗着世界上百分之二十五的能源，也就是说，按照美国人的消费水平，全世界能源只能满足十亿人的需要，但全世界有将近八十亿人口，那么七十亿人口都得饿死！但美国人显然不愿意减少自己的能源消耗，不愿意降低自己的生活水平，也不愿意理解他们的富裕生活造成了第三世界每年一千四百万儿童的死亡。

这个世界总有一些不在我们视野中的贫困者和流浪者，他们食不果腹、衣不蔽体，可是有人吃着黄金宴、果子狸和人体盛，那个时候，世界是冰冷的。这冷沿着蜿蜒的伤口，像蛇一样爬行，先冻结皮肉再咀嚼骨头。

高楼已高过世上任何一种植物，人们攀着它金属的茎叶在空中栖息。那寒冷的世界，把所有的梦想都僵硬成标本。

弘一大师过午不食，一条毛巾又黑又破还不扔，因为牙刷是用猪鬃做的，就改用一根小树枝代替。弘一大师的简约无人能及，其实浮华的人生来源于浮华的内心，能做到像弘一大师那样保持内心平静的人是幸福的。也正因为如此，我才经常记起父亲的话：无论我们怎样寒冷，也不能砍倒一棵树来取暖。

看过一幅油画，《地球上的最后一位画家》，画面上一位画家在黄昏里精心地描绘着这个世界，可那是个什么样的世界啊！满目荒凉，沙漠纵横，画家在他的画板上只能画出一块块石头和他自己瘦削的背影。这是谁惹的祸？当然是人类自己。人纵容着自己手中欲望的斧头，纵容着一枚枚霸权的炮弹肆意蹂躏母亲的身躯。那个画家大概是想为后世留下点什么吧，劝诫或者警告，可是他已无力拯救。

世界上原有五百万到八百万种植物，至今已有一百六十万种被识别出来，但也有许多植物在未被发现之前就已灭绝了。地球上的热带雨林被人类疯狂地砍伐，一方面是为了开垦牧场，另一方面是为了使用木材制作家具。热带雨林在以每小时二十四平方公里的速度被毁灭。每小时二十四平方公里，多么庞大的数字，照这个速度继续下去，到2050年，热带雨林将会全部消失！

那时，我们看到的将是一个遍体鳞伤的地球。

记得 20 世纪 80 年代初期，《参考消息》刊登了一条消息，说是中国驻北欧的一家使馆，为了省砍一棵树的钱，不得不修改了图纸。由此可见，那棵树该有多贵。而我们现在竟然轻易砍掉了那么多树。思量起来，真让人痛心疾首。

诗人杨森君写道："此处长艾草，彼处长灌木，我们不便干涉，就像，有些植物使用花朵，选择蝴蝶。有些植物使用枝条，选择乌鸦。"

那么，如果让你选择做一株植物，你会做什么呢？

——做杨树吧，用深邃的眼睛替你盯着岁月的路口；

——做松树吧，以峥嵘傲骨给人以鼓舞；

——做柳树吧，把依恋传到远方；

——做桑梓吧，把故乡刻进心里；

——做杉树吧，佛一般的抚慰；

——做榕树吧，根深叶茂的生命图腾。

…………

对众生耳语，对万物耳语，这便是巨大的声音，拉进与世界的关系。

蜻蜓点水，也点睡莲，提醒它，莫要误了花期。

成都的友人与我说："每年秋天都看银杏，从锦里走到浣花溪，电子科大，文殊院，宝光寺，罨画池，白云寺，老君山……相约着不同的人，年复一年，银杏仿佛成了时间的见证者。"我便问："何时约我呢？"他说："那我把这片叶寄给你，你问问它。"

来到这银杏树下，望着高高的树干，转而又低头看看脚下的落叶，我是先问候老树呢？还是向落叶道一声秋安！

走在树荫下，走在落叶里，那都是植物的赐福。

这些树是一群最老实的孩子，很久以前犯了一点儿错，被罚站。忘了给它们解除惩罚，它们就那么听话地一直站着，不管风里雨里，不管千年万年。

没开发的荒山野岭，以前叫穷乡僻壤，现在叫世外桃源。

人们安然享受着树下的阴凉，没有人知道，树第一次分叉的地方，有没有什么痕迹，有没有疼痛？

我去过高高的山头，枕月而眠，与万物为邻。那一刻，与自然融为一体，真切地体会到，与其拿着望远镜窥探星空，不如弯下腰，亲近一株植物。

尘世间行走的人，与大地上疯长的草，遥相呼应。一茬又一茬，更替着力量，前赴后继地推动地球旋转——这就是光阴的故事。

不敢想象，当人间的大地上，铺满金钱，却少了这些可爱的生灵，那将是多么荒凉的景象。

我庆幸，父亲终生护卫的那片林子，没有跑出我的心灵。反而在那里根深蒂固，渐渐茂盛成一座森林。

阳光像严厉的班主任，手指向哪里，哪里就有了羞耻之心。比如一只鸟，不再偷懒，更加卖力地歌鸣；比如一朵花，不再藏着掖着，敞开了绽放。

当鸟们逃离森林，生生不息地找寻它们的天堂，其实它们真正要回到的天堂只有一个：人类不再贪婪的心。

看吧，此刻，一只蜗牛从一朵花抵达另一朵花，我不知道，这是一朵花的胜利，还是一只蜗牛的胜利。

你不能决定一朵花的颜色，也不能代替它，去款待远道而来的一只蝴蝶。

鸟的叫声像刷子，把树枝和叶子粉刷一遍，刷得绿油油的。

初春，马鞍村的金达莱开了，为了对得起"景点"之名，村官雇了一些人，用一些假花插在地上，使整座花海看起来蔚为壮观，只有亲自走一遍的人，才会看出端倪。尽管如此，那些单薄的花依旧可爱。

花是懂得接力的，一种花落了，另一种花开了，它们错峰出行，装点山河，哪怕到了深秋，依然会留给我们一盏沸腾的秋菊。

这多好，我与万物相融，成为其中的一部分。我在三月的一声轻咳，震落了十月的一枚秋果。

王鼎钧说："天空是一个大屋顶，人从这间房子到那间房子，从这个院子到那个院子，可谁也没离开这个大家庭。"高过庙宇的香樟树，挂住了飘过白塔的云……我无需悲伤，如果我失去视觉，正好可以听听万物的耳语；如果我失去听觉，就去看那硕大的蛛网，看它的抖动幅度，去感受那只鸟的叫声，是 B 大调还是 e 小调。

有雨水在，别怕，雨水是不会穷尽的，它们会把大地上所有的裂口都缝合好，让它们看起来，幸福而又丰盈。

我要告诉你的是，当你选择了像植物一样沉默，便是选择了向自然皈依。不管是人还是动物、植物，乃至于石头，在阳光面前，都只剩下一个身份：影子。

与万物耳语，就是在与自己的影子耳语。

白岩寺空着两亩水

　　这个春天，有一个人通过一首诗告诉我，白岩寺空着两亩水。

　　　白岩寺空着两亩水
　　　你若去了，请种上藕

　　　我会经常来
　　　有时看你，有时看莲

　　　我不带琴来，雨水那么多
　　　我不带伞来，莲叶那么大

　　　　　　　　　　　——刘年《离别辞》

星期天的下午，阳光明媚而慵懒，瘫散在我的书房地板上。我像一株植物，在这堆懒散的阳光里枝繁叶茂。

我被这首诗的美好打动，在一首曲子里缓慢起身，抖了抖假日里积攒的尘土，影子多么肥沃。

他不说雨水如琴，他说他不带琴来，雨水那么多；他不说莲叶似伞，他说他不带伞来，莲叶那么大。这就是诗句的妙处所在，足够撩拨春天里所有的心。

这是一首关于离别的诗，可是我看到更多的，是它的明媚。离别的伤感被一朵莲轻轻地，移走。

莲是唯一有思想的花吧。它同时寄寓着爱和梦，一会儿给我披上火焰，一会儿给我泼上冷水。它不会因被摘取而封闭自己的幽香，人们却会因为小小的损失而关闭善良；它不会因为被风吹落而哭泣，人们却会因为不被理解而感到伤痛。大约这是因为它只经过生命，人们却想留下更多；它只管盛开，人们却强求幸福的达成。

小美之失于大美之无碍，犹如滴水出海，一切自我折磨之情感的悲戚心怀，在更大世界及更久远的时间里，也不得不缩小到一种自嘲的罅隙中去！

我总是迎风流泪，有时候是因为风里灌了沙，有时候是因为看久了落日，有一次，是因为看到你，和另一个男人穿了一模一样的风衣。

你们在风里牵了手，你们怕风把彼此吹散。

风里有毒，让我迅速衰老，可是记忆，却没有一丝衰退的迹象。

我的眼睛不好，每次一家人一起吃饭，母亲总会不自觉地把动物的眼睛夹给我。

我吃下一只鱼的眼睛，以为这样，就能看见大海的深邃，看得见一颗石子，怎样在贝壳的怀抱里，磨砺成珍珠；

我吃下一只羊的眼睛，以为这样，就能看见天空的辽阔，看得见一颗星星，怎样在夜色的掩护下，拥抱了愿望。

白岩寺空着两亩水。它让我有一个冲动，想立刻动身，去一趟白岩寺，只为看看那朵莲，是在打坐，还是在打瞌睡。

我想我若去了，一定会与它们对望，久久无语。怕有眼泪落下，不知佛手可否会替我拂了去？

我爱上这朵诗中的莲，这一瞬间产生的感情，想要倒退回去摘干净，恐怕是不能了。生命中的美就是这样，遇见，说不易也容易，比如此刻，在你不经意间，靠你想象的翅膀，也能飞抵白岩寺，去会晤一朵莲花。

我把自己想象成一个十七岁的少年，在白岩寺的墙壁上，刻满一个女人的名字。出家前，我要好好爱上一回，然后让佛庇佑我的心上人，让她嫁给一个好男人。

当你特别爱一个人的时候，更多的，会选择沉默。那面墙，是我后半生里最美好的事物。我可以对着它，说佛理，说永恒，和欲盖弥彰的思念。

那个女人的名字，叫莲。

或楷书或行书或草书的满满一面墙的莲，不论冬夏，都开着。

那是我的梦。

我不知道这想象中的少年，最后能否功德圆满，我只知道爱是纯粹的，滴着露水，沾着月光。爱是手心里的莲，苦得妙不可言。

我知道那个独自取暖的梦在人世间的干扰与挫折中，会承受多大的压力和委屈；我知道无论一个梦是否能实现，当它存在于人的生命中时，它就已经给了生命不一样的意义和希望。我还知道，明明有梦却黯然放手，会造成人生多深的苦痛和忧伤；我更加知道，对于许多生命来说，它时常可以从中汲取热情和力量，可以随时从中获得安慰和放松的，可能并不真的是因为身边某个人或某些物品，而是因为自己心中那个最深情的梦。因为它在这个生命的身体里，灵魂里，和这个生命的岁月一直相守，是生命的一部分，在不可见的空间里，与我们不离不弃，相偎相依。

日子像流水一样，所有的人，都在里面清洗着自己。我愿自己，终能寻得那样一个梦。

虫子从高处坠落，这一觉睡得好长。这是睡到了自然醒还是被惊扰了美梦呢？看着那个虫子着急忙慌地跑，我竟不忍心伤害它了，就让它逃之夭夭。

这多像眼下的人生。其实，你随时都可以上岸。这人生的大河狂风巨浪，似乎将你置于无尽的惊险之中。而其实，每时每刻每一点，你都可以上岸的。关键是，若你的欲望在水里，岸就从来算不上一种选择！

　　也因此，聆听一些人的滔滔不尽的苦恼，多数情况是不必发出什么建议的。因为他们的乐趣也在那形容不尽的哀叹中。岸或船，都不能渡走他们已经溺水的灵魂。

　　我又翻开日记本，看两眼之前那张写满我的无望与委屈的纸，轻轻将它撕掉。明天我一定会被早早叫起，实在没有精力再在已经失去的东西上寻找什么意义了。在春天，一切还来得及。山已染绿，蓓蕾初绽，燕子啁啾，似乎也懂得人的好心情。我们该哼着小曲儿，清点太阳底下发生过的好事情，祈祷接下来的岁月，想遇见的人和事儿。

　　我的心，也空着两亩水。谁来，为我种上藕？

一棵草咬住了秋天

一棵草咬住了秋天，是的，咬住了秋天。秋天真的就站在那里，不再往前一步。

它紧紧咬住秋天，它在向命运交涉：你向我借的是春天，缘何要还给我一个瑟瑟的秋？我要的是绿意，而不是枯黄啊！

秋天太丰满，草的腮帮子鼓胀胀的，它咬住的，实在是金黄的亿万分之一。

为了能让秋天走得慢一些，一棵草殚精竭虑，别无他法。唯有用自己的一腔赤诚，紧紧咬住秋天。

秋天会有一丝疼吗？这亿万分之一的痛，能让秋天再逗留多久？

一棵草，只是咬住了秋天。这个世界的坚硬，它不想触碰；这个世界的冷峻，它不想战胜；这个世界的诱惑，它不想陷入。上苍恩赐它的身边没有战乱，没有力釜，上苍恩赐它以弱小和短暂来体会自己存在的美好。也许是因为它不是玫瑰，才不渴望高贵的陪衬；也许是因为它不是茉莉，才不嫉妒其他的花香；也许是因为小草天生一颗小草的心，它顺从自然，而不使世俗过多地来为难自己。只是，它也有它的留恋，它紧紧咬住秋天，哪怕让秋天多停留一秒。

因为饱满过后，秋，会很快地开始瘪下去。

就像一个倔强的人，终于向生活妥协。曾经的精致已不可寻，如今只剩素面朝天，不施粉黛，靠着门框，和风说一些不着边际的话；就像一位倚在墙垣席地端坐的老人，借着夕阳的余烬取暖。多取一份暖，便可多抵挡一阵暗夜的寒。

一棵草的身旁是一棵小树，支撑着病恹恹的天空。叶子曾经涂得很绿，花儿也涂了红唇。可是它们再俊朗，再妖娆，也抵不过一丝凛冽的袭扰。

它虽然是一棵草，但路口的那些野花，是断然抢不走它袖口的芳香的。

它的信念是：可以是一棵草，但必须是紧紧咬住秋天的那一棵。

那是一种深入灵魂的热爱！

秋天捂住胸口，做了一个短暂的停留，这已足够，一棵草可以心满意足地垂下头颅。看着秋天里每一个劳作的人，那是一幅幅生动的油画，质感细腻，背景丰盈。看着秋天的米，在阳光的护送下，一粒粒回到了各自的家。

时光可以把燕子变成雨点，也可以把雨点变成燕子。更多的雨点一哄而散，纷纷撤离。在那四散开来的奔逃里，它分辨不清，哪些是翅膀，哪些是灰烬。但在一棵草的眼里，即便是灰烬，也香艳无比。

最后，它或许会成为稻草人身上的一根筋脉。随着原野越来越空旷，它的忧伤，也渐渐显露，欲盖弥彰。它却强忍着不让那滴泪落下，它说它要把泪磨成来世的种子。

麻雀答应它，要留下来陪它。麻雀停落在稻草人的肩头，与它窃窃私语。感念丰盈的旧日时光，慨叹即将到来的萧条与凄凉。

麻雀的胃里，只剩下三五颗麦粒儿，可是更凛冽的北风就要来了。

一棵草，不想那么快枯萎，它用尽全力，咬住秋天，让自己在秋风中进行最后一次舞蹈。就像那些向生活妥协的，卸了妆的佳人，就像那些蜷缩在墙角，向太阳取暖的老人，那不也是一棵棵咬住秋天的草吗？！尽管芳华不再，尽管那牙齿已松动甚至脱落，可是依然努力地咬紧生活。

一棵草咬住了秋天，秋天何尝不也是在咬紧一棵草呢？！

落

落下的，不仅仅是花瓣、叶子、烟灰、碎片、幕布、夕阳、流星……还有人，那不堪重负的躯体和灵魂。枝丫、悬崖、楼顶、天空，都是落的始发点，终点是大地。大地承受着来自死亡的狠狠撞击，大地无法完成拯救，只能默默完成对一个个生命的回收。

落，是自然里的水到渠成，我却看到了另一面——叶子太过贪婪，敛了太多的黄金，才摇摇欲坠，不得不和树枝诀别；花瓣太过多情，藏了太多的绯闻，才危如累卵，不得不向土地坦白。

清晰记得自己第一次吸烟时的情形，因为看到王志文在电视里吸烟的样子很帅，所以学他的模样，高高挽起袖子，起劲儿皱起眉头，狠命地吸烟。那是我弹落的，人生的第一朵灰。

母亲年轻时工作的厂子里，有一个很美丽的女人，红颜薄命。因为感情的原因，选择了跳楼自杀。母亲回来和我们说起，不免有些伤感，她用的不是"死"这个字眼，而是说她"落"了。当时我们不能体会这个字的含义，现在想想，这个字用得真是再恰当不过了。花一般的生命的死亡，不就是落吗？

樱落。三月，赏樱的人纷至沓来，比起居于树上的樱花，人们似乎更喜欢樱花被风吹落的景象。片片花瓣在空中飞舞，衍生出千百万种遐想。对于樱花的浪漫想象，最多的并不是它盛开时的繁花似锦，更倾心的是微风吹拂后的樱落，并没有即将落幕的凄凉，而是形成一种赶赴约会般的急迫。

三月下旬去了南京，朋友一再提醒说，万不可错过了鸡鸣寺的樱花。

我是一个人去的鸡鸣寺，从鸡鸣寺到和平门一线有一段颇为美妙的樱花路，路两旁都是密集的樱花，衬托着古雅的鸡鸣寺，显得别有韵味。

此时的樱花开得正盛，如雪如云，蔚然一片，十分壮观。给人一种突如其来、满目灿然的视觉震撼。

盛极而衰是一种必然，空中已经开始有了纷飞的落瓣，让人闻到了一种离别的味道。经历过许多大场面的我，此刻，竟然无端端伤感起来，不能自已地落了泪。我想把所有的亲人都唤到身边来，因为樱花让人想到生命的短暂，想到别离，想到珍惜和爱。

可是樱花自己，却看不到这种悲伤。空中飘落的樱花，更像是它们临终的舞蹈，仿佛朝生暮死的蜉蝣，一整天的狂欢，根本无暇去写忧伤的诗。

最美的，便是这将死的樱花。纷纷扬扬，铺天盖地。一朵朵细碎的花瓣，如撒满人间的悼词。这是一个因怀念而哀伤的季节，也是一个因怀念而欢欣鼓舞的时节。

任何一场风都可以把它们带向死亡。所有人都以为是风吹响了死亡的号角，其实不然，奔赴死亡之约的是它们自己。

世间的花，无不因绚烂而美，花开荼蘼，是绚烂中的绚烂。唯有樱花，以落为欢，以死为生。它对于死亡的从容，是令人为之汗颜的。

郁葱、清浅、浩瀚、渺茫，一片粉色挟裹着的金黄。

我在樱花树下小憩，一定会梦见遥远的雪，这无法在轮回里重逢的姐妹，定会在我的梦里相认。凝视着对方，以对方为镜，照出前世和今生，照出冷暖，照出悲欢，照出自己的绚烂和凋零。

小林一茶的俳句里有比樱花更惊艳的句子：樱花树下，没有陌生人。

在这几个字里，我看到的是无比温暖的场景——富丽繁华的樱花树，光明的小径，相携而行的老夫妇，给野猫喂食的少年，一个和尚，在清晨的溪水边，打捞一件漂走的衣衫。

小林一茶，一个似乎腰板总也直不起来的小老头，长得特别着急的人，他的作品和举止里有着旁人难以想象的纯真。

他的一生受尽命运的嬉笑玩弄，但他始终选择着热爱这个世界。

他生于日本的一户普通农民家庭，三岁丧母，八岁父亲再婚，十岁有了异母弟弟，他饱受后母虐待，后被赶出家门。至二十五岁时拜二六庵竹阿为师，开始学习俳句，随后四处旅行，流浪半生。

"和我一起游戏吧，没爹没娘的小麻雀。"他人生的第一首俳句，尽显孤苦，但也体现出他的悲悯，他喜欢和动物以及植物们做朋友，常常把他们写进他的俳句里，温暖而美好。

他直到五十二岁时才结婚，所生的三个男孩和一个女孩皆早夭折。六十一岁时，妻亡。小女儿夭折后，他写下：我知这世界，本如露水般短暂。然而，然而。

然而什么呢？然而人生还需尽欢尽言？他没说，他把到了嘴边的话又生生咽下，他用尽一生的勇气去面对自己一个又一个的不幸，而这次轮到他面对的，是自己和颜悦色掩盖下的满目疮痍。他最后一次试图说服自己，然而已再无底气。

晚年的时候，家乡柏原大火，家被烧毁，他只好居住在幸存的一小间储藏室里面，不久之后病逝。早年辛酸，晚景亦是凄凉，命运似乎从来都未曾眷顾他。即便如此，他依然在破陋的储藏室里写下：真美啊，透过纸窗破洞，看银河。

他知道人世的短暂，所以用他的纯真，好生供养。即便命运给了他那么多悲苦辛酸，他亦从容不迫，静以待之。他以万物为人，一切都是亲友。

　　他的人生如露，更如樱花。但愿世人可以懂他，樱花树下，没有陌生人。愿世人皆可放下恩怨，让心清明、豁达，在樱花纷纷飘落的樱花树下，携手相爱。

　　有人说，樱花飘落的速度是秒速五厘米。这么急速地坠落，看似充满了喜悦，仿佛奔赴一个久违的约会。其实，没有几个人能懂得樱花的忧伤，樱花树下，满地的落瓣随着风，挣扎，就像路灯下，因狂舞而精疲力竭的蛾子们一样。

　　有一幅关于美国"9·11"事件的照片，熊熊烈火中缓缓倒塌的大楼，火光中密集的从高楼跳下的人，远远看，像急速坠落的樱花，像扑火的飞蛾，炽烈而又悲伤。

　　有伤口的人，在落花中吹笛，在落花飞落的过程中，极致绚烂和优美。他们在人间说最少的话，喝最清澈的水，看最纯洁的云，爱很少的人。

　　公园里，我看到落到地上的风筝。那是春天飞累了，春天也想要个双休日。它让我想到富士康那些跳楼的员工。在一些工厂里，员工们每天像机器一样干活，任务要精确到秒，这样的劳动强度是否超出了职工的承受能力？会不会成为跳楼自杀的一个诱因？

　　曾经看过一个令人五味杂陈的新闻：有一对恋人，为了追求浪漫的结婚仪式，选择了空中跳伞。新郎新娘穿着结婚礼服，从机舱里跳下，为所谓的惊世骇俗的浪漫冒了一回天大的险。远远望去，他们像两朵开在空中的花，只是那花朵凋落得有些快，落到地面的时候，遭遇了车祸，双双殒命。

一直不忍提及却又无法释怀的是陈宝莲的一跳和张国荣的一跃，在那些喜欢他们的人的心间荡起了多么大的一圈惋惜的涟漪。

樱花飘落的速度如此之快，如同记忆中的某些残渣被陡然的风吹落。情海欲河中的男女，遗忘或者喜新厌旧的速度是不是也这样，让人猝不及防呢？

同样是坠落，一个从高楼坠落的人，在空中高喊着让人躲开，不想因自己的死而伤及了无辜。这样的坠落让人唏嘘不已——落，也要对得起良心！

鲸落。这是所有的落当中，最让我震撼的。一鲸落，万物生，一个生命的结束，却是更多生命的开始。当聪明的鲸鱼意识到自己的生命快要终结的时候，它就会一跃而起然后落入海洋，将自己的身体回馈给生养它的地方，这一过程悲壮又美丽，是为"鲸落"。

这个落的过程是缓慢的，分好几个阶段，第一个阶段被称为移动清道夫阶段，这一过程可以持续四至二十四个月，期间百分之九十的鲸尸将被鲨鱼或者其他大型鱼类分解；第二个阶段被称为机会主义者阶段，鲸脂被食肉动物分解后，鲸的残骸继续下沉。当浅层的海洋生物吃饱喝足后离去，接下来到了无脊椎动物，特别是多毛类和甲壳类动物，能够以残余鲸尸作为栖居环境，一边生活在此，又一边啃食残余的各种有机物和蛋白质碎屑，不断改变它们自己的所在环境。这一阶段可以持续数年之久；第三个阶段是化能自养阶段，当鲸鱼残骸上最后一丝皮肉也被啃食干净，机会主义者们也心满意足地离开，但对于很多生物而言，鲸骨也是不可多得的美味。大量厌氧细菌进入鲸骨和其他组织，分解其中的脂类，化能自养细菌获得能量，形成致密的菌垫，而与其共生的生物，例如贻贝、海螺等，也因此有了能量补充；第四个阶段是礁岩阶段，也就是一百年后，当残余鲸落当中的有机物质被消耗殆尽，这场华丽壮美的死亡依旧没有落幕，鲸骨的矿物遗骸会作为礁岩成为生物们的聚居地，深海珊瑚等生物在此落脚。几百年后，鲸鱼的骨骼已经化为深海的尘土，但曾经依附鲸骨生长的珊瑚，早已壮大繁荣。曾经的一片深海荒漠，也成为一方富有生机的绿洲。这里早已看不出一头鲸鱼的形状，连曾经的那场死亡也如此遥远，但百年间生命的浪漫依旧在上演。

这就是地球上最浪漫的死亡，也是世间最壮美的重生，生命的轮回，如同一首用52赫兹演唱的歌，而这一切关于生命的奇迹，仅仅是因为，这里曾经落下一头鲸……

这样的落，令所有的灵魂肃然起敬。在这样的落面前，人类的悲喜渺小得如同一粒尘埃。做人为何如此沉重？是什么让他们的灵魂犹如灌了铅一般急速坠落？金钱、欲望、虚荣……可以捆缚灵魂之翼的，绝不仅仅是这几条绳子。

叶落。一片叶子的落，令我惊醒。我对自己说，要做一个轻盈的人。当你在高处的时候，你的朋友知道你是谁，当你坠落的时候，你才知道你的朋友是谁。

　　我落下了，我只是一片叶子，腐于泥土；我落下了，我只是一片雪花，融于尘埃。我不是伟大的鲸落，但我依然想在落下之后，被人不经意地想起。

　　我有个朋友喜欢拍摄落叶，认真观察它们在落的过程当中，会产生怎样的旋转，各种不同形状的落叶，舞姿也是千姿百态的，他拍摄的落叶，仿佛不是赴死，而是欣然起舞。

　　有科学家专门研究落叶，得出结论——植物通过落叶可以缩小蒸腾和散热的面积，减少体内水分散失，以适应低温、干旱等不良环境条件。叶片落入土壤后，即被分解，其中养分重新被植物利用。其有机物质还可改善表层土壤的理化性状，提高保水、保肥能力。近来，有人对植物落叶现象提出了新的解释，这个解释显得更为生动和有趣——落叶是植物的排泄和竞争的过程。这一点常被以往的研究忽视。植物学家们于1980年发现，生活在富含金属元素土壤中的植物，生长着的叶片含铝量很低，但已脱落的叶片中却含有高浓度的铝。他们分析了生长在不同条件下的二十一种多年生植物的各种离子的含量，大多数植物脱落叶片中钙含量高于生长的叶。镁和钠没有明显的规律性。而铅、锌、铁、铝等元素的含量，则几乎在所有被测脱落叶片中均高于生长活叶。各种元素含量变化的幅度也很悬殊。高浓度的重金属对任何植物来说都是有害的。把重金属离子积累于老叶，并随落叶而脱落植物体，无疑具有积极的作用。从这个意义上来说，落叶就是植物的排泄过程。落叶还有提高植物竞争的能力。有些植物的落叶可释放出种间抑制剂，阻碍其他植物的生长。在森林中，永久性的落叶层能减少林下草的生长量。有人在果园中铲除果树周围的杂草，使果树增产，起到与落叶层类似的作用。落叶层还为树木的种子提供发芽和幼苗生长的温床，有利于种子的繁衍。显然，这些特性都在生存竞争中起到积极的作用。在漫长的进化史中，植物经受了来自多方面的选择压力，叶片结构愈见复杂，功能日趋完善。落叶的排泄和竞争作用有利于整个植物和物种的生存发展。

聂鲁达说："当华美的叶子落尽，生命的脉络才历历可见。"看吧，落叶的神奇性是不是让你们瞪大了眼睛？

这些天，一个朋友忽然说自己有些"恐生"，不是怕见生人，也不是孕妇怕生小孩儿，而是恐惧活着。她说人到中年，就开始遭遇各种亲人离去的噩耗，这让她有些受不了，她说希望自己能在他们之前先死去，那样就不会这样担心和害怕了。

我不知道这都是怎么了，好端端的人为什么都要躲到晦暗的角落里去，晒晒太阳不好吗？可以补钙，可以杀菌，可以阳光浴，把皮肤晒成健康的古铜色。我给这位"恐生"的朋友讲了一个电影里的故事：一个人在年轻时想自杀，在凌晨来到一个樱桃园里。为了系自缢用的绳索，爬上了樱桃树。然后尝了一粒樱桃，于是这粒樱桃的滋味让他活了下来。

樱桃总有落的时候，我的脑海中便浮现出一种假设：当樱桃变成了樱桃罐头，是樱桃们重新活过来了吗？

悲观的人和我说，悲摧的人生就像老鼠过街，提心吊胆；乐观的人和我说，骄傲的人生就像孔雀开屏，招摇过市。

我对他们说，人生不只有悲观和乐观，还有顺其自然。悲命可以，莫要悲心。阳光在，树在，花在，爱意充盈，世界的缺陷和曾经的伤害，暂且可以，既往不咎。

上苍的可爱，不只是因为他创造了生命，发明了死亡，更是因为他在从生到死的路上，撒遍了鲜花，铺设了美景。

落日的落，是为了托起月亮。

落幕的落，是为了下一幕的开始。

黑夜落了下来，像巨大的帷幔，将万物包裹。

一只鸟落下来，又"嗖"地一下飞走，这是一闪即逝的落。

雪花落下来，是飘逸的落。

死亡，是最沉重，也是最轻盈的落。

我不说高僧圆寂，亦不说其已殁，我说他落。鲸落的落。供无数后人饮啖其精神的血肉，并筑起一座思想的城堡。

一粒灰尘，想让它落下来，必须屏住呼吸，静观其变，一粒灰尘，让它落比让它飞，要难上不知多少倍。

一片菩提叶，要最后落下。人世，需要它去盖棺定论，也需要它去加以抚慰。

阳光落下来。

风落下来。

云落下来。

日子落下来。

更多的时候是相反的，死亡升上天空，新生就落了下来。

南京有一山，北临长江，名为落星山。相传有大星落于此，故而得名。

星落，释义为天星隐没，喻指名人死亡。庾信《思旧铭》序："麟亡星落，月死珠伤。"李绅《趋翰苑遭诬构》诗："日倾乌掩魄，星落斗摧枢。"杜甫《季秋苏五弟缨江楼夜宴》诗之一："星落黄姑渚，秋辞白帝城。"皆为星落之诗。

樱落乃壮观之美，鲸落为悲怆之美，叶落是舍弃之美，星落是流逝之美。而我通过这篇文字想要为你们传递的落，是生的前夜，想要表达的美，是重生之美。

大地写在空中的诗

你永远无法绑架一棵树，因为树，从来不懂得屈服。它选择了一个地方，便扎根于此，永久性地居住，从不向旁边多迈一步。

一棵树活着的时候，用叶子去观察世界的千变万化。死了之后，就长出无数的耳朵，去倾听世界的奥秘。然后，留下隐秘的树洞，欢迎你去与它交换彼此的秘密。

它的战栗，更多的是来自内心的喜悦，比如久旱之后的雨水落下，比如南方归来的候鸟，栖息于它的枝头。

这棵倔强的树，把根扎得很深，可终究还是被人给拔起，要将之挪到一个新的地方去。尽管不情愿，也没有办法，只能听凭命运的安排。倔强一阵子之后，也还是会选择苟活，把根在新的地方再一次扎下去。

那些笔直的白杨，坚挺的松柏，都是好孩子，齐刷刷地站在光阴里，向岁月行着注目礼。

　　我见过一棵野柿树，贸然就长到了那里。不知是哪只鸟将它的种子撒在那里，在一整片整齐划一的松树林里，这棵野柿树显得如此突兀。野孩子一般，没人关心它的冷暖和饥饱，但幸运的是，没有人将它砍伐，它自由生长着，如同在一片稻田中的稗草。谁能想到它也有翻身的一天，等它结出满树的"小灯笼"的时候，所有人的态度，都由鄙夷变成了赞叹——啧啧，看啊，它多漂亮！

　　我曾经听到有一个人说："那棵树好累啊。"他怎么会看出一棵树的累呢？难道是因为那棵树上结的果子太多吗？难道是因为那棵树上落了太多的鸟儿？难道是因为一轮落日或者月亮挂到了它的树梢上？好像是，又好像不是。最后的答案是，他是一个湖南人，口音很重，把"绿"念成了"累"。原来如此。我学着他的样子，朗诵着："我们的春天，好累啊。"

　　树木长出了绿色的翅膀，可是它们并不飞走，更多的时候，这翅膀更像是一种装饰。

　　不远处那些白桦、银杏和香樟，约好了一般，纷纷落下叶子。放弃，正成为它们之间达成的某种默契。如果树们有美德，沉默是一种，舍弃是另一种，还有更重要的一种就是博爱，你看它们褪下衣物后的枝丫，光秃秃地伸向天空，不是索取，也不是指责，而是托举着无形的哈达，为天地万物祈福。

　　我在苹果树下的思考是——苹果落到地上，若有人拾起，它就是一座微型的宫殿；若无人问津，它就是一座无名的小坟。

　　人总是习惯于悲伤，无非是惧怕着死亡的步步紧逼。其实，这一点应学学一棵树。树死了，火焰会替它活着。那是光，是电，是死与生的一次照面。

　　人的命啊，有时候脆弱得就像树叶，连挣扎都不曾挣扎一下，就被推下生命的枝头。可是有时候，又坚强得像那地上的苔藓，怎么抹都无法抹去。

　　我在一棵衰老之树下的思考是——当一棵树厌倦了生，它会选择怎么做呢？说直白些，就是一棵树有什么样的自杀方式？它能拒绝阳光，拒绝雨水吗？不能。它能喊人来把它放倒吗？不能。有一点儿萎靡的迹象，营养液就挂上了。它能引来虫子上身，啄木鸟却叼走了那些虫子……所以，一棵树的死，比生要难上好多。比如，著名的胡杨，即便死去，也给人以不死的假象。

　　不过话说回来，一棵树，好像从来不会想到自杀，它怎么可能厌倦！

　　我在一棵蓬勃之树下的思考是——一棵树的热爱，来自哪里？是根对于土地的探寻，还是枝干对于天空的向往？

　　在树下，我想要一曲清亮的蝉鸣，却只得到乌鸦喑哑残破的哭声。我并不为此恼怒，听到什么样的音就接受什么样的曲，嫌不好听，就用风调试一下。

一个年轻人问大师："您说过，生活如同一棵长满果实的大树，每个人都能获得幸福的果实。但是我为何至今两手空空？"

"那是因为你没有勇气去摇动那棵树。"大师回答。

摇动一棵树，并不见得有果实落下，但却有可能收获那落在树上的风和星星。若是不去摇动，你甚至连叶子都不会收获一枚。

一切都将被时光碾碎，只有为数不多的幸运儿，被时光宽容以待，轻轻拂过。比如树。一棵大树，不止年轮，向上的树干也是时间。一条小溪也是时间，它即将耗尽。而溪流边上的两棵树，像两枚徒劳的钉子，钉不住流逝的时光。

马丁·路德曾说："即使明天是世界末日，我依然要种下一棵苹果树。"他不为吃苹果，不为闻苹果树的花香，只是想保留，作为人还活着的一种姿态。

我不能像一棵树那样，从不计较痛苦。但我可以像一棵树那样——醒着，也是睡着；站着，也是躺着。

茅盾先生讲过一个故事：古时有位学问高明的先生，坐在无花果树下乘凉时，见斗大的西瓜生在又细又柔的藤蔓上，而无花果树虽长得极粗，结的果却极小，便感叹"天公真是颠倒"。忽然一粒无花果落下来，不偏不斜打中他的鼻子，他顿时大悟：如果是西瓜砸下来，后果不会如此轻松，原来天生万物各有各的道理，何必妄去议它。

"其实做一棵树更好，双木成林，三木成森，就算是独

木，也是一座普度的横桥。人来人往的，也是一个小小人间。"（韩玉光语）

当一只鸟在树上啁啾的时候，那是一棵树的歌声；当风把树叶吹得窸窸窣窣，那是一棵树的歌声；当我倚着一棵树，望着云朵，吹着口哨，那也是一棵树的歌声。

在树下，我看到前面的炊烟，脑海中忽然冒出一个似乎不太高明的比喻——炊烟是向上生长的树。

有人说，每一片树叶，都是树给大地写下的欠条。换个角度去想，那何尝不是树给大地发出的请柬呢！

夜里的风很大，吹得窗棂阵阵响动，几番辗转反侧之后终于睡去，梦到了一些亲爱的事物：多年前死去的一条狗、曾经在我的屋檐上下翻飞的鸽子、那盆硕大的仙人球……它们接连在我的梦里掀起温暖的波浪，以至于醒来的时候，眼底竟流了泪。

和妻说起梦里的事物，她说这是神经衰弱的表现。"你最近太累了，不如给自己放个假，出去放松一下吧。"

我怎么可以停下来。孩子的高额学费，父母身体不好而时不时住院的费用，电费、水费、取暖费、电梯费……生活的各个角落都是张着嘴等着吃食的小兽，我怎肯置若罔闻。

这生命，给了人多少欲说还休的无奈，只是心里总是忐忑的。像对生活中许多的事一样，怀着小心翼翼的犹疑试探着开始，并不能立刻准备好接受最后的别离和伤心。毕竟，我们总是为了希望而来。

最近看了徐淳刚的小说集《树叶全集》，读来令人耳目一新。"我看见圆的树叶，椭圆的树叶，掌状的树叶，羽毛样的树叶……更多是不规则的树叶：树叶让我迷茫。"

看吧，他的生命里全是树叶！

作家张绍民在对这本书的评论中的几句话更为值得称道，他说：树叶是什么？是天空的胎记、脚印；空气的补丁，大地深处漫游的书信，漫游到树上，打开；树叶的脉络含有闪电的衣服（皮肤）；树叶面对风，风用地震灌溉树叶，树叶用风的地震洗澡，洗出自己的香气和力量；小虫子睡在树叶上，用树叶摇摆的地震当成安眠曲。

如此说来，我们是万万离不开这些树叶的。这些诗意的树叶、哲学的树叶、意识流的树叶们组成了我们的世界。

原以为一场秋霜会风卷残云般将所有的叶子都吞噬掉，只剩光秃秃的枝头，徒增悲凉的晚景。可是第二天早上打开窗子，惊异地发现有几枚叶子竟顽强地挺住了，依然在树枝上蹦跳着。这时候的喜悦自是无法言说的了。一场秋雨一场寒，尽管我知道，它迟早要谢幕，但这一刻，它还在，并且闪着耀眼的光，我便已知足。

心也便忽然间豁朗起来，人生免不了的是悲伤，不管是跋涉在现实世界的泥沼之中，还是接受花样繁多的伤痛的改造，让一颗心逐渐生满厚厚的痂，那是一种冷漠，也是一种保护。

所以啊，有什么好怕的，我爱的树叶还在，它们依然快乐地在树上蹦蹦跳跳啊！

　　移民海外的阿辉回来了，虽然衣着光鲜，却掩盖不住倦容。时隔多年，他老了许多，眉宇间铺满无尽的沧桑。谈起这些年在国外的生活，他极少炫耀，更多的是唏嘘感叹："一个人不易啊，背井离乡的，尤其是夜里想家的时候，那种滋味就像虫子啃噬你的心一般。"我想我是能理解那种境遇的。

　　我们默默地坐在花园里，我像他的影子，抑或他像我的影子，在深秋轻寒的风里，被茫然的感觉缠满，不挣扎，不呼唤。

　　我并没有问太多，只是和他一起念起年少时光，念起一起玩过的游戏，念起一起喜欢过的女孩儿，念起那棵树……

　　"那棵大榆树还在吗？"

　　"当然在，现在它变得更加粗壮伟岸了。"

　　我们一起去看那棵树，儿时我们经常一起去爬那棵树，在它的枝丫间嬉戏玩耍，摘嫩嫩的榆钱儿吃……现在的我们是爬不动了。

　　"唉，树叶掉光了，不然你看到的这棵树异常茂盛，能遮出一大片荫凉来呢！"我不无伤感地说道。

　　阿辉却扶了扶眼镜，定定地望着那棵树，充满无限柔情，他一句话也没说，大概是想到了儿时的一些往事吧。

　　"快看，树叶！"他忽然惊叫一声，吓了我一跳。顺着他手指的方向，果然有一枚顽强的树叶，坚守在树枝上，陪伴着这棵树，给它最后的慰藉。

　　我在阿辉的眼底，看到了泪光，亦如我梦醒后的泪痕。

　　"异乡的生活啊，唉！"我并不打听他这些年的细节，只听到阿辉的一声叹息。或许目前的他也受到了某种挫折吧，比如他的生意，比如他的情感，但不管怎么样，我都知道，他会把所有苦痛都挨过去，就因为他看到那枚叶子时的尖叫。

　　灰心失望的人，蓦然间看到，他爱着的树叶依然蹦跳在树枝上。还有什么，比这更令人欣慰和振奋的呢？

　　"不如，折了这枚叶子，留个纪念吧。"我提议。

　　"不，让它在属于它的地方多待一会儿吧，哪怕一秒。"

　　我知道，他已经把那枚叶子装进了口袋。那枚叶子会伴随他一生。

　　有树叶就好。树叶蹦跳着，我们就没有理由悲伤了啊。

　　没有悲伤了，我们就接着聊这些神奇的树。你有没有听说过会走路的树？一棵树在一个地方待上一辈子，似乎才是天经地义的。可是，听说有一种树能自己行走，自由地调整自己的活动地点。

　　当它遇到水分充足的地方就安心地生长，并十分茂盛，一旦缺水，它就逃走：把根从土中抽出来，卷成一个球体，随风而行。寻找到新的水源后就将卷曲的根伸展，并插入土中，开始新的生活。因此，植物学家给它起了个名字——苏醒树。据了解，这种苏醒树是有灵性有感应的植物，它能不断适应周边的环境，比一般的植物要高级些，假如用人来比喻，就是很天才的一类。它还能有意识地控制自己的躯干从而帮助自己更好地生存，虽然不能像人类一样改变环境，但它能让自己找到所需的环境并在那里生活下来，简直就是植物中的奇迹！

据说，具有苏醒树一样特性的植物，不仅在美国东部和西部地区确确实实地存在着，南美洲有一种草，也是如此，生活得不如意时，它拔腿就走，沙漠里的一些仙人掌也会走动。它们的根部由许多软刺组成，能随风一点儿一点儿地从沙漠干燥处移向有水分和养料的地方，然后把根深深地扎下去。当水和养料枯竭时，根上的刺又会走动，去寻找新的水源。这些植物着实让人震惊，因为它们那对自己生命一丝不苟的负责态度。我们既赞喻在崖壁上蓬勃生长的松、榆、梅们为战士，也没有理由嘲笑苏醒树们为懦夫。某些植物沐风披沙，百折不摧，其实是源于无奈的适应。谁会相信荒漠上的一场透雨会折磨得那里所有的植物全都神情沮丧？会瘪了肚皮去争人们赋予它们的那一份虚空的名分？

耻于贪享安逸，使人类区别于其他生物，所以人类才有了发展和创造。比如攀越珠峰、大江漂流、三峡走钢丝、长城飞车……这些明知山有虎、偏向虎山行的悲壮，其实与苏醒树的不安分是一致的。前者是征服，后者是寻求，寻求使苏醒树免除了遭受环境恶劣时的灭顶之灾，寻求使这种看去弱小实则强悍的生命从远古默无声息地走来，又朝未来默无声息地走去。

早就有人创造了"人挪活，树挪死"的格言。壮士万般无奈中呐喊一声"此处不留爷，自有留爷处"，而誓言铮铮中又难免会泪洒衣襟。多少人抱定那份不死不活的工作，美其名曰要做一颗"螺丝钉"，其实是一株歪脖树，既不遮阴，也不成材。倒是一些胆大妄为者，心无牵挂，走南闯北，随遇而安，居然闯出些名堂来。现在"树挪死"的定论终于被击破了。苏醒树是树，但它只有会挪才不会死。它提醒人们：如果不具备一定条件可以像胡杨一样终身奉献荒漠，危难时不妨做一回苏醒树，为了生存，去寻找新的水源、土壤和阳光。

如果我是一棵树，我会想些什么呢？我试着从它的角度，开启我的思维——

雨下着，世界暗淡无光。无法从悔恨的眸子里走出，无法知道光怪陆离的城市里哪一处是陷阱，哪一处是禁区，我将所有的鞋子束之高阁，我不走，站立成孤立无援的一棵树，尽情地在往事的墙上捕风捉影。

我被时间赶进黄昏的栅，带着一颗被阳光丢弃的灵魂，一块被丢弃的刚刚擦过眼泪的纸巾。我不走，和那些怕潮湿的火柴一起缩在火柴盒里，惊恐地张望这个暗淡无光的世界。

思念是唯一没有熄灭的火焰，是唯一能冲破这重重雾霭，飞奔而去的鸟。在离夜的门槛大约几步远的地方，雨停歇，满天是血，不知又有多少喜欢发誓的人撞破了额头。

我是一棵孤立无援的树，不走动，不炫耀，浑身长满思想的叶子。

　　我的心，犹如一只盛满陈茶的杯子，再不能注入清新的水了。可是，当我看到夜里那一点点瘦弱的光亮慢慢地聚集，聚集成一盏灯笼时，我还是被它们点亮了。举着自己的心，淌过夜的每一条河。那是萤火虫在用它们纤弱的身体指引灵魂飞翔。它们随着风跑，随着风把梦想播撒，随着风浪迹天涯，随着风坠向山谷。

　　仿佛听得见微弱的歌声在夜里瑟缩着传出，那是写给我的歌儿，曲调悠扬，意境唯美。这一刻，我高兴得战栗了起来，如同鸟儿在树梢挠我的痒。

　　　我是一棵秋天的树，稀少的叶片，显得有些孤独。偶尔燕子会飞到我的肩上，用歌声描述这世界的匆促；

　　　我是一棵秋天的树，枯瘦的枝干，少有人来停驻。曾有对恋人在我胸膛刻字，我弯不下腰，无法看清楚；

　　　我是一棵秋天的树，时时仰望天，等待春风吹拂。可是季节不曾为我赶路，我很有耐心，不与命运追逐；

　　　我是一棵秋天的树，安安静静守着小小疆土。眼前的繁华我从不羡慕，因为最美的在心不在远处。

　　裹在我身上的那些忧郁的丝绸正在一点点地剥落，仿佛一根蜡烛的熔化。在这个月光普照的世界上，我把爱包扎好，重新放回心里。我知道，孤独让我受尽苦难也让我倍觉幸福，让我过于燃烧也让我十分宁静。比起每天都要挨一刀，每天都要抚平伤口的橡胶树来，我的痛苦早已微不足道。

我是一棵孤立无援的树，不走动，不炫耀，浑身长满思想的叶子。

我敞开胸襟，尽力挽留过往的风，挽留星空下一个个美好的梦，一颗颗忧伤的心灵。可是，从人那里传出的吵闹声把我惊醒。我是树，是上天派来镇守一方静谧与安详的，可是人破坏了这一切，他们在我的脚下摆满贡品，有的来认我做"干爹"，替他们打扫红尘中飘飘落落的烦恼；有的来许愿，替他们了断一生一世难了的情债。人，为什么仇恨总比恩泽难以忘却？为什么欲望之壑总是难以填平？为什么金钱看是一张纸，其实是一堵墙？为什么说一座座楼房就是一只只鸟笼？为什么有人身居豪门，一掷千金，有人却在流亡的路上，没有梦想没有祝愿？为什么有人妻妾成群子孙满堂，有人却孤苦伶仃无依无靠？为什么有下岗有失业有不断高涨的离婚率？为什么有贪污有抢劫有日渐升温的犯罪新闻？为什么不停地给谎言鼓掌给犹大佩戴勋章？为什么长久地给欲望加油给撒旦扬撒鲜花……

生命一闪即逝，来不及多想，口袋里可能就多了一个需要怀念的名字，洇湿手帕。阳光依然浩浩荡荡，无边无涯地普照，给所有生命一个公平竞争的机会。人，你不该抱怨，你躲在阴影里是你愧对生活，你紧闭门窗挂上帘帷是你内心有悔。是花朵就该搬到阳台上来，是人就该和灵魂步调一致，排队领取阳光的恩赐；人，你不该挥霍，你可能拥有无上的权杖华丽的城池，但你不能阻止光阴之水从你身体的裂缝中流出。不能把拥有的一切贴上封条推进冷库，防腐保鲜。人，你要珍惜，哪怕你手中仅仅握着一枚叶子，那上面也一定刻着季节的珍贵留言；哪怕你身边只剩下一块石头，它也会告诉你这无常世事里一些光阴的秘密。

我是一棵孤立无援的树，不走动，不炫耀，浑身长满思想的叶子。

我可以断掉所有的臂膀，但却不能停止歌唱。我要用歌声安慰我身上的鸟，不让它们受到任何惊吓；我要用歌声把遥远的乡下的蛙声粘住，放进流浪人的一只只口袋里；我要用歌声把幸福与平安的消息向人世传达……

太阳出来的时候，受了潮的火柴纷纷从火柴盒里探出头来晾晒。一阵风吹过，我不由得笑出声来，因为鸟们又在树梢上挠我的痒了。

…………

这就是我以树的角度去观望的世界，和人类自己看到的，是否一样？

纪伯伦说过："树木是大地写上天空的诗，我们把它们砍下来造纸，是为了把我们的空洞记录下来。"从一棵树开始，被砍伐，被压榨，成为一张纸，无数张纸被包装到不同的箱子里。

有的人用它们打印竞职发言稿，有的人用它们打印虚假广告单，有的人用它们打印撒网式情书，有的人用它们打印离婚协议书……

有人用手中的宣传单扇着风，用单薄的凉风驱赶一下热浪，有人则用它哄赶眼前飞来飞去的苍蝇。越是焦急，那热浪就越是滚烫，越是焦急，那苍蝇就越是狂躁，怎么哄也哄不走。

人们等待的那个人终于出现了，拿着厚厚一沓讲话稿，开始自顾自念了起来，空气里的热浪一下子又高了八度。

一个人要给孩子复印学习资料，他在装纸的时候，被割伤了。一个男人，竟然被一张纸割伤了，这多少有些令人感到意外，这个男人，永远看不到这张纸的愤怒。我更愿意相信，这是一棵树小小的复仇。

一些字和另一些字，离得很近，却永不相见。所有的新愁铺在一张白纸上，所有的旧恨在纸的另一面，一张纸，是它们的船，也是它们的海，是它们的家园，也是它们的天涯。我把这，也当成是一棵树，小小的复仇。

孙犁先生爱惜纸张，说爱惜还有些不太确切，应该是敬畏。他写文章或者书信，用纸是不讲究的，但若遇到好纸，笔墨就要拘束，深恐把纸糟蹋了。

我从不舍得用一张白纸为孩子叠飞机，一张纸，该写满字要写满字，该涂满色要涂满色，这就是它的圆满了。至于，在被写满字或涂满色彩之后，又被叠成飞机或者纸船，在空中飞行一圈，或去水里漂流一段，那就是命运对它额外的恩赐了。

　　我习惯在稿纸上写作，别写废话，别无病呻吟，别矫情，写的字，要有光芒，要有悲悯之心，要有精气神儿，我想，这样对待一张纸，应该会得到一棵树，小小的宽容吧。

　　写到动情处，我会留下泪水。眼泪是写作者的墨水。此刻，当我的眼泪滴落到稿纸上，我更愿意把它看成是露水，在滋润这张纸的前世——一棵幼小的树苗。而我若写出让人心向善向上向美的文字，那感觉就仿佛在一棵树上，结下了慈悲的果实。

　　树上，有一个鸟巢，在昏暗的背景下，仿佛一个人，正举着一只空空的碗。这个意象给我的启悟是，人在天地间乞讨，亦是在向天地表达敬意。

　　"起风了，快点儿扎下根去。我可以摇晃，但不能倒下。"这是一棵树对自己说的，也是我，对我自己的忠告。

在一只鸟的瞳孔里

　　冬天的树枝上，那只蹲守的麻雀，从下往上看，在天空的巨大背景下，它就是一滴墨。夏天，叶片葳蕤，还是同样的麻雀，却如同一朵花。同样的事物，在不同的环境里，是可以改变心境的。你看见一滴墨的时候，首先你也是一滴墨；你看见一朵花的时候，你也成了一朵花。

　　麻雀在地上的时候，像偷食的老鼠，一边盯着地上的粮食，一边四方地观望，小心提防。冬天的麻雀，为了节省一点儿体力，从不轻易打开翅膀。可是某个早晨，它向我的阳台飞来，速度极快，仿佛是在捕捉它的猎物。是什么，令这小鸟逆着风，向我的窗子扑来，仿佛吻火的飞蛾？我不想要答案，我只想看着它逆风飞翔的姿势，被风吹散的羽毛，终将重新被风捋顺。

　　它如此近距离地停落在我的阳台，仿佛与我倾诉衷肠的久别好友。我在它的瞳孔里，看到了作为人的我，稍显凌乱。我不知道，在我的瞳孔里，它是否看到了，作为鸟的它。

再大的风，也阻挡不了一只鸟奔向它认为的妙境。再大的风，也吹不走，留存在人间的美好。人不想说的话，风来说；人越不过的禁区，鸟去飞。

夜莺的歌声里，带着天然的安眠药。而麻雀的欢叫里，带着闹铃的叫醒功能。乌鸦沉睡，喜鹊醒来。沉重与欢愉，交替着到来，这才是生活该有的样子。

风吹过，庭院空了；风吹过，庭院又满满当当。风再喧哗，也吹不灭一颗星星。如果鸟不想飞，再大的风也吹不跑它。

天黑了，乌鸦很快就融入了夜色，看不见翅膀，却听得见它的扇动，就像一滴墨，溅入墨池里。风猫在窝里，伺机而动。给它几滴酒，它就耍起了酒疯，披着大袍子，横冲直撞。

我肆无忌惮地向天空嘶喊，每喊一句，就有一只麻雀飞过，它在擦掉我粗鲁的声音，我打扰了它们的天空。

由立体主义绘画大师毕加索开创的立体主义绘画风格非常美，美得别具一格，但就是这样的美又往往让人感到抽象和难懂。对此，有人请教毕加索大师："我看不懂您的绘画，您能给我解释一下吗？"毕加索旋即问对方："你觉得这些画美吗？"对方回答说："当然美。可就是不知道它表达的是什么意思？"毕加索又问："你听过鸟叫吗？你觉得鸟叫的声音好听吗?"对方回答:"好听。"毕加索进一步启发对方:"那你懂得鸟叫是什么意思吗?"

我们听不懂鸟叫的意思,但我们听得懂,那里面的美好。

黄昏的时候,总能看见对面的老人,在阳台的藤椅里坐着,窗下挂着一个很大的鸟笼,里面有一只金丝雀。那是一颗孤独的灵魂,听着鸟鸣,看一些事物,慢慢凋零。

米粒儿很喜欢那只金丝雀,每天也都会在阳台上,听它天籁般动听的叫声,看着它在笼子里上蹿下跳。

在另外的地方,我看见一只鸟在火红的鸡冠花上方,飞来飞去,就好像在一朵火焰上方,蹦蹦跳跳。

今日的喜鹊,是明天的好运。此刻的乌鸦,是昨日的悲伤。

你听过一只鸟和一条鱼的对话吗?

鸟说,鱼多么欢快,在海底,无拘无束地游;鱼说,鸟多么愉悦,在天空,自由自在地飞。转而,它们又各自改变了看法。鸟说,鱼的眼泪太多,同时冲走了蓝白黄灰黑五种记忆;鱼说,鸟儿翅膀下的风太急,使它永远够不到它想够到的云朵。

渔网多了一个破绽,是渔夫的叹息,却是鱼儿的欢欣;猎枪坏了一个零件,是猎人的遗憾,却是鸟儿的庆幸。

你在雪地上扫出一片空地,撒上粮食,为鸟儿设下陷阱。雪那么白,却没能盖住你的黑。鸟儿却并未上当,不知道是鸟儿聪明了,还是你的黑太过显眼。那一天,鸟儿不知去向。

你也迟迟找不到回家的路。星星都回来了，你却依然杳无音讯。

鸟说，给我一块纯净的天空吧，哪怕指甲盖儿那么大就好；鱼说，给我一片安详的水域吧，哪怕一只碗那么深就好。转而，它们深深地羡慕起对方来。鸟想成为鱼，鱼想成为鸟。鸟想去海底游动，鱼想去云端飞翔。我才知道，一个人，没有翅膀。也可以像一只鸟；一个人，没有鳞鳍，也可以像一尾鱼。所以，我想打开鸟笼，让羽毛飞翔。我想打碎花瓶，让花香奔跑。

风照常刮起，让很多轻盈的事物飞起来，变成一只只鸟。

在一只鸟的瞳孔里，有天空，有大海，但就是没有自己的翅膀，作为一只鸟最重要的部分，却常常被忽略着。人，又何尝不是如此呢？

黄昏，鸟褪下金色的羽毛。原来，那一直不是它喜欢的颜色。但它必须穿戴整齐，不能有半点懈怠。在夜的掩护下，它终于可以。用自己的颜色来铺床了。

对面老人的那只金丝雀死掉了，具体的死亡原因不得而知。老人把它埋到了公园的草地里。第二天，米粒儿缠着我去公园，她找到了埋小鸟的地方，慢慢把它扒了出来，我不知道她要干什么，她"嘘"了一下，示意我不要出声，她要对这只小鸟施以魔法——不停地吹着，把它身上的土吹干净，小心翼翼地捧到石桌上，然后不知从哪里拿的一根针，对着自己的食指，咬着嘴唇，闭上眼睛，勇敢地扎了下去。一滴一滴的血喂进小鸟的嘴里，然后双手合十低头祈祷。我明白了，她是童话书看多了，以为书上教的这个方法真的可以把死去的鸟复活。尽管我知道这一切都是不现实的，但我并没有阻止她，我不能阻止一颗悲悯的心。

傻孩子，这世间哪有这样神奇的魔法啊！但是我又不忍心让她心生绝望。米粒儿一直都惧怕打针，可是为了这只鸟，她竟然如此义无反顾地扎破自己的手指。我告诉她，这只鸟虽然没有醒过来，但它已经成为这个公园的一部分。我们把它埋起来，如果那里长出一朵花，那就是它在和我们说，此刻，它正在天堂快乐地歌唱。米粒儿点点头，虽然有些不甘心，但还是和我一起，把鸟儿重新埋好。

当天晚上，我溜到公园里，在埋葬鸟儿的地方偷偷埋进去几颗花籽儿。我知道，那只鸟会以花朵的形式重生，这不是童话，是一颗心，对另一颗心的慰藉。当我的女儿看到这朵花的时候，我也会在光照里，看到她脊背上隐约可见的翅膀。

第三辑：芹菜的日常

乐观的人把落日当作一杯咖啡，还冒着热气儿，喝下它，会提神醒脑。有什么可担心的，人间有多少病，地上就有多少草药，只要你肯去寻找。

——《黄昏典当铺》

走进一棵白菜的心里

　　　　　　　　秋天到了，东北的街头小巷有两样东西格外多，一是密密麻麻的"花大姐"，在墙上埋头织着一张巨大的花毯，在阳光的余温里苟活；二是卖白菜、萝卜和土豆的人，精气神儿倍儿足，吆喝声此起彼伏，把日子搅和出许多热闹的光景来。

　　因为可以选择，所以每次买白菜，我都要进行一番比较，挑品相好的，个头大的，硬实的，这样的白菜心儿抱得紧，好吃，也放得住，可以吃得时间久一些。我会趁着卖菜人不注意的当口，就势抖落几片白菜帮儿，至少可以掉几块钱的秤。

　　精打细算总是好的，那是帮你看管好日子的一条忠犬。

　　也有例外，有一对卖白菜的中年夫妇就蔫巴着蹲守在角落里，男人低头抽着闷烟，女人也不吆喝。两个人又黑又瘦，无精打采的，看不到一点儿生气。问其缘由，才知道他们的秤刚刚被城管给缴了去，因为他们在不允许卖菜的地段卖了菜。城里的禁区太多，条条框框也多，他们就像晕头转向的羊，不知道哪里可以站立，哪里可以坐下。一颗热切的心被泼了冷水，就像饱满的白菜，没来得及收割，早早就遇了霜寒。

"赶紧去交点儿罚款，把秤赎回来，接着把白菜卖了吧，"我劝着他们，"看，你们家的白菜多好，每一棵白菜心儿都抱得那么紧。一会儿就能卖完。"

许是受了我的鼓励，那蹲着的男人站了起来，掐灭手上的烟，直了直腰，找城管去了。

我注意到那个女人，自始至终，没离开那些白菜半步，时不时地给它们盖盖被子，好像照顾着自己的婴孩儿，怕它们着了凉似的。这样的举动很让人不理解，天气还没冷到那种程度，即便是很冷，白菜们也不至于那么娇贵，它们差不多是蔬菜里最朴实的一种了。

但是那一刻，我理解了。

前几天刚刚看到一则简短的新闻：一个骑三轮车卖白菜的妇人被一辆轿车撞飞数米，落地后爬起来淡定捡菜。这则短新闻的重点在于"淡定"二字，这出乎很多人的预料，因为在人的生命还没有确保无虞的情况下，一棵白菜竟然还受到如此"重视"！

那么多的不解，是因为，我们没有走进一棵白菜的心里。

　　廉价的白菜，别说一车，就是几十车也比不得她狠狠地索要一笔赔偿吧。可是她的生活里，一直以来，就只有白菜，她常年卖白菜，靠这个营生养活了自己和家人，所以，在她的生命里，白菜这个再平凡不过的事物，是和她相依为命的。

　　别人不懂一棵白菜的重要性，而对于她来说，白菜对她是有恩情的。

　　收割白菜的季节，精神饱满的白菜最早被运走，赶个好价钱。最后剩下的白菜，人们称之为"扒拉棵子"。没抱成心儿，单薄得像营养不良的没长成的少女，畸瘦、平胸，不得一点儿女人的神采。它们中有一些被主人收回家放到大缸里腌了酸菜，另外一些实在不入眼的，只好在大地里度过寒冬了，等待着牛羊们来啃噬。可是不久之后，剧情就反转了，城里人喜欢上了冻白菜的口味，把冻白菜用开水焯一下，炸点儿肉末酱，蘸着吃，味道极好。这下，大地上可怜楚楚的"剩女"们又一次得到了大批量待嫁的好机遇，纷纷走进城里人温暖的厨房。

　　卑微的人，就如同这白菜，饱满的、扒拉的，都在广阔的大地里，繁衍生息。被栽种，被收获，或者被冷落，一茬又一茬。

　　卑微的人，没有见过巨款，没有坐过高铁和飞机，他们眼里，更多的是零钱，靠着一棵棵白菜，他们的零钱也可以攒成很多张大额钞票，但转眼就汇去了很远的另外的城市，那里的冬天不冷，四季常青，那是他们的孩子上学的地方。

那个男人把秤赎了回来，我决定过冬的白菜都在他这儿
买了。我很小心地搬动一颗颗白菜，轻拿轻放，不会再轻易
抖落一片白菜帮儿。我知道，于我，那只是可以让我少付几
块钱的白菜帮儿，可是对于那卖白菜的人，那掉落的白菜帮
儿，是会喊疼的。

芹菜的日常

　　临下班的时候，老婆打来电话，嘱咐我路过菜市场的时候买一把芹菜，晚上要包芹菜馅饺子。芹菜很嫩，掐一下有汁液涌出，我开心地付钱，不忘夸了一下小贩的菜，小贩被夸得很是受用，在围裙上抹抹手，挠了挠头，冲我龇牙一乐，把零头给抹掉，皆大欢喜。

　　老婆把芹菜拿到水龙头下冲洗，然后整齐码到案板上，切碎，剁馅。屋子里弥漫着芹菜特有的清香。

　　老婆问，今天单位有啥新鲜事吗？我说有啊，老王又说了几句好玩儿的话，要不要听听？

　　听听嘛！

　　中午在活动室打台球，老王没了往日威风，连续输给我们好几个人，他就扔出一句——二尺勾挠痒痒，都是硬茬。

　　晚上一起坐通勤车回家，聊起来某某住着大别墅，知足常乐无欲无求的佛系老王又扔出一句——瞎的掉井，在哪儿还不背风。

…………

老婆笑得欢快，芹菜馅也剁好了，和肉馅混在一起，倒上油，搅拌。老婆说，这个饺子馅要始终顺着一个方向搅拌，拌出来的味道才好。因为顺着一个方向搅拌，馅儿才有凝聚力，才会有嚼头。就像喝粥一样，你不能为了让粥快点儿凉，就胡乱搅拌，那样，粥的味道就散了，不好喝了。

做人不也如此吗？东一下，西一下，乱打乱撞的，没有一个始终如一的目标，人生终是出不了什么成绩的。

没想到，一个饺子馅也能给人带来一点儿生活感悟。

有一个诗人，用芹菜做了一把琴。他是藏棣，他的短诗是这样的：

> 我用芹菜做了
> 一把琴，它也许是世界上
> 最瘦的琴。看上去同样很新鲜。
> 碧绿的琴弦，镇静如
> 你遇到了宇宙中最难的事情
> 但并不缺少线索。
> 弹奏它时，我确信
> 你有一双手，不仅我没见过，
> 死神也没见过。

用芹菜做一把琴，这是多么奇崛的想象力。但是说实话，这个谐音运用虽然看上去不错，却有一种牵强之嫌，更多的是骨感的语句，缺了一点儿烟火气，而我真正喜欢的，是深陷其中难以自拔的日常生活。比如，洗芹菜的那双手，与其说在清除茎干上的泥沙，不如说正在抚摸、调试那听话的琴键；比如自来水的声音，和泉水一样美妙；比如锅碗瓢盆的碰撞，有着生活里最真实的触探，满满的踏实感。

芹菜被佛教徒称为荤菜，与辣椒和韭菜一样，在一般家庭，芹菜已是一种不可缺少的食材，芹菜的味道，最适合与牛肉相配，清炖牛腱，最后下芹，美味无比。《蔡澜食材字典》中，无论是旱芹还是水芹，都有很特殊的味道，爱之者弭甚，恶之者亦弭甚。《列子·杨朱》中说从前有一个穷苦人，把自己很喜欢吃的水芹和豆类等蔬食推荐给乡间富豪，富人便弄了点儿来吃。没想到吃后这位富人感到"蛰于口、惨于腹"。穷人的好心换来富人的不满。后来人们便以"芹献""献芹"作为谦称，表示"送上一件不值钱的东西，聊表心意，请不要见笑"。

"70后"的人对于芹菜应该是再熟悉不过的了，芹菜馅饺子应该是那时候的大多数人吃得最多的一种，那时候物质生活匮乏，冬天的时候，想吃点儿青菜，怕是只有白菜和芹菜了。它们完美配合，如果有大辣椒更好，往馅里加入一点儿，味道就会更美了。

那时候的芹菜，是我们生命中的营养担当，真不知道，若是缺了它，我们的冬天将会怎样苍白。

芹菜根，母亲总是习惯埋到花盆里，这样，过几天，芹菜就会发芽，长大，嫩绿的叶苗蓬勃向上，劈下几根炒土豆丝，别有一番滋味。

老婆包完饺子，把剩下的芹菜叶洗干净，她说芹菜叶比茎秆营养更丰富，那么好的叶子，实在不忍丢弃。她用沸水烫一下，待颜色变作翠绿便捞出，放一撮盐、一撮糖，滴几滴香油，再撒些芝麻，尝一口，清爽甘美！

老婆习惯一边做饭一边教我怎样识别菜的好坏，人过中年，身体的各种不舒服让她总是胡思乱想，害怕有一天先我而去，而我的生活能力实在堪忧，她担心我照顾不好自己，所以常像个老妈子一样，叮嘱来叮嘱去。

此刻，这个除了母亲之外，我生命中最重要的女人，正在教我怎样识别芹菜的优劣。她让我记住，好的芹菜，叶子翠绿，没有黄斑、碰伤。梗掐脆断，有汁液冒出。好的芹菜，看起来水灵灵地发亮，茎秆平直，内侧稍微向内凹陷。

我说，好的芹菜，必须经过她的手，才能在日子里默默地发亮。没有她的陪伴，再好的芹菜，也做不出一把琴来。

不请自来的悲伤

　　有一种寒意，并非抱薪取暖所能化解。那是刮在秋风里的悲伤，途经我们，无法回避。这深秋，让我窥到一丝老式悲伤的影子。老式的悲伤是什么样子的呢？是皇家没落，帝王驾崩，一江春水向东流吗？是仕途中断，江郎才尽，望断天涯不归路吗？是，亦不是。我并非怀揣古风的老夫子，轻捻稀疏的胡须，把自古以来的悲秋之词轻轻吟出。我只是看到了四处飘零的落叶，有点像孤魂野鬼，不知归途；我只是看到了孤单的人走过的青石板，生出了苔藓；我只是看到了睡在大街上的人，用几张报纸盖身，抵御风寒；我只是看到了下夜班的女工，伪装男人的口哨声，为自己壮胆……

　　我打开一封旧信，上面溅着当年的泥泞，它再一次证实了，我们都是从泥泞中跋涉过来的人。当我翻看过往的照片，那些深埋在过去的悲伤，就又一次追上了我们。那年的西瓜很甜，也是一个丰收年，满地的西瓜又大又圆，恨不能轻轻一碰就炸裂开来。可是，我却称之为悲伤的西瓜，因为泥石流把村子通往外界的路封死了。满地的西瓜运不出去，全都烂在了地里。另一年的西瓜也丰收，西瓜也很甜，我依然还是称之为悲伤的西瓜，因为二叔在把最后一车西瓜装完后，累倒在地里，再没有醒过来。

我的脑海中，总是浮现出父亲唯一一次哭泣的场景。那天下了大雨，二叔的丧事料理完毕。父亲推开门跑进雨里，仰起脸，向天空猛吼了两嗓子。我知道，他躲进雨里，是为了掩盖自己的泪流满面。

傍晚，公园的长椅上，一个流浪汉在唱歌，唱着唱着就睡着了。白天的太阳在长椅上留有余温，天气预报说，夜里无雨，他终于可以睡一个安稳觉了。临走，我在他身边抓住一只蚊子，我对那蚊子说，他难得睡一个好觉，你不该去打扰他。

我爱着矛的锐利，也爱着盾的坚固；爱着热的桑拿，也爱着冷的冰镇；我爱着面朝大海的海子，也爱着卧于铁轨的海子……悲伤不请自来，像桃山湖凌晨两点的烟花，像冷月升起的德令哈。

深秋已至，寒意袭人。可是在这深秋里，我看到了一簇小红花，仍在努力地开着，那一簇小小的火焰，以一己之力抵御着寒凉。我竟也抖了抖身子，有花开着，尘世便不至于冷到绝望。雁阵、瓢虫、稻草人，高云、落叶、天涯客。当你准备把这些秋天的事物进行描绘的时候，就相当于让这逝去的秋天回光返照。这些秋天的事物，一一呈现在我的眼前，虽然略感悲伤，但闪着各种各样的光。就像那小小的火焰一般的花，踮起脚尖儿与我耳语——坏天气里，更应该揣好明朗之心。

于是，我将目光投向自身，当我决定戒烟，并把身上的一盒烟扔进垃圾桶的时候，我听见了口袋里，那盒与之相依为命的火柴的哭泣。

于是，我将目光锁定一只猫，因为抓伤主人，惨遭遗弃。这给了我启示：你是否藏有尖锐的东西，不小心伤到别人？那是你的利器，却也是你的软肋。受爪子之累，猫自导自演了一出悲剧。猫本身温柔可爱，假如不是尖爪子惹了祸，它依然享受着岁月静好，福气绵延。而此刻，北风渐紧，它在野外饥肠辘辘，一声接一声地对着辽阔的山谷悲鸣。

于是，我将目光盯紧一队死伤大半的蚁群，终于抵达相对安全的地带。一个个喘着粗气，稍事休整，随着心情的平复，它们对那些破坏者的恨意也渐渐消退。蚂蚁虽小，但以万物之心，原谅了万物的过错。只是，就算不原谅，它们又能怎样呢？

菩萨有千只手，却依然令人心疼，那么多手，没有一双是用来拥抱自己的。

黄昏典当铺

一

我一直固执地认为，黄昏是一天之中发生故事最多的时段，就像一家典当铺，一对分手的恋人，当进去回忆四五钱，两个和好的冤家，赎出来往事二三两。

黄昏之美，在于迟暮，在于那不可更替的忧伤。我用胸膛爱你，我用我的额头贴紧你，那是我的精华所在，我所有的才华都凝聚于此，我只想把我能想到的最美妙的文字，都献给你——黄昏。

黄昏是沉淀下来的酒，让万物的脸庞红润，醉眼迷离。

蚂蚁顶着一颗饭粒儿，在暮色里赶往自己的巢穴，这个标点一样的背影，令我心生感动。那或许是一位父亲，满载着儿女的期望，匍匐而行。

如果可以，我宁愿去做一只，在清晨顶着露水，四处觅食的蚂蚁，也不去沾惹，这令人忧愁的暮色。那里面含了太多的红酒，我怕醉得一塌糊涂，错过明天早上的第一缕朝阳。

而此刻，我和我所剩无几的青春，都被困在黄昏的琥珀里。

二

黄昏里，我从一个老人手里买了新鲜的椰子，迫不及待地插入吸管。我没有见过大海，但此刻，我吮吸到了它。

黄昏里，对弈的长者时而运筹帷幄，时而征战杀伐，棋盘很小，棋局很大。

小酒馆里响起了生日歌，我为陌生人的生日祝福，愿你余生安好，偶尔可以有一点点裂缝，容许月光和风，欢快地闯入。

小酒馆的黄昏酒气熏天，一个炒三丝儿，半斤烧刀子，两碗大米饭，一个男人轻而易举就把这一天典当出去的力气给赎了回来。

老板娘略有姿色，呷了一口酒，霞光漫到脸上，越发楚楚。她热情好客，男人们流连忘返，一边喝着酒，一边逗着乐子，真真是美事一桩。哪个男人若是和老板娘搭上一句话，定会再多喝二两。

门口的小酒幌油渍渍的，在黄昏的风里左右摇摆，像喝得闪了脚的男人们。

养老院的黄昏余温尚在。靠着墙根静坐的老人，微闭双眸，在回忆里摸爬滚打，老人的一生波涛汹涌，最后蜷缩在黄昏里，平静得像一个标点。

他枯萎着，像熟透了的软塌塌的蘑菇。

孩子打来电话，询问养老院的卫生和伙食，老人一共说了七次"蛮好的"，躲在墙后边偷听的院长带着一丝满意的神情转身走开。

儿女们还在奔忙，世界还在旋转，唯独这里的黄昏，静如处子。他喜欢静，转一下身都不情愿。黄昏里的最后一点儿光，絮进了他百褶丛生的皮囊。

三

生活的黄昏，沉淀着沧桑之美。你舍得花多少力气，就搬得动多少璀璨之石。那珍藏在生活内部的璀璨之石，从不肯轻易把耀眼夺目的一面亮给你，你看到的经常是它的背面，就像这黄昏的琥珀。

遥远的乡下，木匠把房屋搭建在水边，他说要让婆娘坐在屋子里就能看到水里的晚霞；铁匠在打制锄头，这世上没有被耕种的土地并不多，所以，他并不急切，他缓慢地生火，缓慢地分拣碎铁。

一排排炊烟升起，女人们扎上碎花围裙，为辛劳的男人准备晚餐。在炊烟里晚归的农人，牛羊奔向各自的圈，狗匍匐在窝里，竖着耳朵听主人送饭的脚步声。另一家牧羊人的狗却跑得飞快，许是主人允诺了它，晚上要多给它几根骨头吧。

在当下的城市，地铁站等待回家的人，疲累写在瘫软的身子上。黄昏的大街，有刚刚应酬完红光满面的成功人士，有饿着肚子灰头土脸满身油渍的民工，他们擦身而过，酒气与油漆的味道融合到一起，这样的交集，几乎贯穿着城市的每一日。

孩子们背着书包，溜着墙根往家走，不知是贪恋那上面留存的白日的体温，还是喜欢那墙上慢慢游走的影子。

四

人生，说简单就简单，一个日子追着一个日子，哗啦啦地过。说复杂也复杂，一个日子一团麻，这团未理顺，后一团又堆上了。

黄昏的光线柔和，具备油画的质感。在这样的黄昏里，你会发现，你心里有个小熨斗，什么样的褶子都平平展展了，在你心里最柔软的地方，变得更柔软了。

我在黄昏，我无所畏惧。即便到了生命的黄昏，又有何妨！生命是一场场约会，最后与死亡的约定，又何尝不是最绚烂的落幕？

一块儿一块儿的霞光，为这个黄昏打着慰藉的补丁。天气预报说，从夜里开始，有零星小雨，预计将会持续一周左右。如此，我还怎肯舍弃这璀璨的暮色，尽管它如此令人忧愁。

所以，我珍视这眼前的落日。落日是一场盛宴，豪华得有些炫目，足够耗尽大半生的心血。比起日出，我更愿意去看日落。悲壮的落日，如同撞礁的豪华巨轮，我仿佛听得见排山倒海的哀嚎。在那片凋落的红里，我妄图打捞一个个年轻的名字，打捞那些不堪的经年往事。可是，我的网破了，千疮百孔，捞不起一尾游在美好时光里的鱼。

最好有风，可以安慰我，天堂有路；最好有酒，可以提醒我，地狱无门。落日如同母亲。我急速衰老下去的母亲。捧着落日，如同捧着母亲沧桑的脸。灿烂的霞光，是她的回光返照吗？

五.

落日尽其所能，为我绽放万道霞光，那是它赐予我的针线，我用它缝补我的网。我相信，终有一天，我会打捞出属于我的美好。

我看到一对蹒跚而过的老人，手牵着手，尽力在握紧所剩无多的时光。老头儿是个乐天派，不时在老伴儿的耳边说着什么，竟把老伴儿逗得大笑了起来。这样的落日，不悲凉。这样的落日，是暖的。

我想象着我的落日到来的那一天，有什么可悲凉的呢？我从青春里搬来太多的柴火，足够暖我余下的人生。一颗心，自有一颗心的逍遥，就像我的身体到了秋的疆域，心却可以永远漂泊在春的草原，夏的湖畔。

把落日装进篮子，晚间的餐桌上，就多了一道味美绝伦的菜；把落日揣进口袋，密密麻麻的通讯录里，它就排在了第一位；把落日别在胸前，那是岁月颁发给我的勋章；把落日捧在怀里，它的余热刚好温着一颗，被尘世泼了水的凉着的心。

祖母临终的时候，面对不停哭泣的我，劝慰我说："孩儿别哭，奶奶老了，总有走的一天。就像那日头，每天都有落的时候，难不成你每天晚上都要为它哭一场吗？"

是啊，每天的落日都是一场对死亡的预演。祖母这样的解释令我释怀，浓浓的已结了冰的悲伤，终于被一点儿一点儿化开，我竟然破涕为笑。

终于知道，亲人走了，亲情的暖，却永远不会消散。就像祖母的日头落了，余温尚在。在那余温里，我尚可以做温馨可人的梦。

六

落日是大爱的传播者。落日咯血。落日用尽全力，掏空自己所有的金黄，就像一只暖瓶，打碎自己的胆，释放里面的热，不怕烫伤自己，只为捂热接下来的黑夜。因为那夜里，还有很多无家可归的人，还有很多扇挡不住风的窗子。公园的长椅上还有很多没有被子盖的人，桥洞下面还有很多受潮的七零八碎的梦。蛐蛐冷得发抖，远不如萤火虫聪明，萤火虫未雨绸缪，天黑之前搬了很多柴火回家，尾巴上的一点儿亮光，是落日给弱小者的一点儿安慰和忠告。

每个人都有每个人的落日，悲观的人，把它当作死亡前的一次回光返照。就像德国电影《诱惑假期》里面，根特在临死前有一句遗言：当我们不再存在时，没人会再想念我们，甚至没有人会为我们流一滴眼泪。如果有人要纪念我们，那就快乐地纪念我们。因为，我们所做过的唯一正确的事情是，我们活过。

乐观的人把落日当作一杯咖啡，还冒着热气儿，喝下它，会提神醒脑。有什么可担心的，人间有多少病，地上就有多少草药，只要你肯去寻找。

七

有些人的落日镶在身体上，比如老去的人。

志贺直哉的《老人》里有这样一段———

　　隔着一个火钵，老人和女子对坐着，看着她手背上有涡的柔软的手，他那双皮包骨的干枯的手，再也不敢伸出来了。他伤心自己已没有力气拥抱女人的手臂；更伤心的是，自己的心不肯跟别的老人一样衰老。

那个老人的落日尚有余温，所以伤心归伤心，却远没有到欲绝的地步。

祖母八十岁的时候，竟然化了一次浓妆。很精心地描眉，涂唇，我们以为她要去扭秧歌儿，她说不，我只想再做一次漂亮的女人。

如果老去是种无奈，那么，老去的过程我们也可以让它尽可能优雅。我看到祖母密集的皱纹里，分明铺陈着一个沧桑女人的八千里路云和月。

朋友问过我一个问题，他说和一个大半生想见的人，去一个没有人认识的地方，摆脱一切羁绊，是否会找回原来的感觉？

我说，永远找不回了，因为心里已经没有多少空隙，心里需要惦念的人和事太多。

从前是白纸，是雪地。所幸，我们年轻过。如今老去的我们，唯有借着落日的余温，把曾经再款款地邀上心坎，再醉一回。

八

有些人的落日嵌进灵魂里，比如绝望的人。

一个见异思迁的丈夫，离婚后的某一天，在街头偶遇前妻。他看到前妻独自行走时，忽然被她安详的样子给震撼！他的震撼大概是源于她的平静，原来，没有他的陪伴，她也一样可以怡然自得。他一直以为前妻是依附着他而活的，殊不知，当她活出自己的本色来，竟是那样的美丽。

他以为，离开他，她就如同绝望的落日，殊不知，她依然可以把落日优雅地画成朝阳。

几个月前收到一个读者的来信，他说他是在狱中服刑的犯人，今年刚刚十八岁，是个单亲家庭的孩子，因为失手把同学打成了重伤，不得不用自己大好的青春时光来买单。

他不知道和谁说话，他的世界仿佛随时就要天黑了一般，阳光正在慢慢散去。

然后在报刊上获悉了我的地址，就不管不顾地和我说他的心事。他说他喜欢我的文章，那里面漾着的暖，让他得以保留着一丝生的快乐。他把我当成了最后的稻草，他心灵上唯一可以依靠的一点儿光，落日前的那点儿灰烬，还散着余温。

我不知道我的文章还有这等功效，可以令一颗悬崖边上的心，回过神来。

我很快给他回了信，是因为我害怕他本来就在边缘，如果不回信给他，他将彻底掉下去，一辈子都爬不上来。我知道我不是天使，可是我愿意因为我那一点点的小善挽救一个人。

我告诉他，任何时候，都不要绝望。如果因错过日出而落泪，那么你看到的日落也是浑浊的。擦干眼泪，才能更清晰地去欣赏生命中剩余的彩虹。

他得到我的鼓励，仿佛得到了某种光亮，接二连三给我来信，从信的内容上看，他的心态正一点点好起来。

一颗心终于如释重负。我在回信中对他说：

"孩子，别怕，悔恨的泪水在洗刷岁月，可以让你以后的生命更干净。落日未凉，暂且不必过分悲伤。它并非消逝，而是在孕育明天。分娩是痛苦的，但它可以为你带来一轮脱胎换骨的太阳！"

九

落日穿针引线，不停地缝制一件叫岁月的衣衫。是的，落日只负责穿针引线，不负责悲伤。落日只是给你练习悲伤用的，因为它总是不忍看你哭泣，还会在第二天原样奉还你一轮出浴的朝阳。

当我听到音乐里关于夕阳下的海，以及海上的鸥鸟，我就忽然理解了什么是浪漫。

黄昏里静坐的人，抚弄着眼前的一个个老物件，记忆之线越放越长。有爱物之人，那些闲书、摆件，才显得无比珍贵。长久的摩挲，终会使它们光泽、滑润，并生出看不见的筋骨。

记不清是在哪里看到的句子了，诗意而唯美——井一样深的黄昏，刀一样锋利的忧伤。忧伤如刀，令你疼痛，也可以将你雕刻。雕刻成什么模样，岁月便是什么模样。

黄昏小城的某些道口，总少不了一些卖时令水果的小摊贩。或许是女人的习惯使然，妻子买东西总是喜欢砍价。为了一斤樱桃，她和小贩互不相让。

我却制止了妻子，我对她说："这么美妙的事物，不该打折呢！"

是啊，樱桃，像美人的唇，小心翼翼地抿着，生怕吐露一颗怀春的心。这么美妙的事物，怎么可以斤斤计较于钱财之上。妻子微红了脸，表示她小小的愧疚，付钱的时候，她没有让小贩找零，她说，就算是她刚才对樱桃讨价还价的歉意吧。

小贩一头雾水，他似乎没有搞明白，这樱桃到了我们夫妻俩这儿，怎么就神经兮兮起来了？

十

晚霞如此鲜明，分成两部分，一部分洒在墓地，抚慰逝者；一部分铺在尘世，喂养活着的人。

有时我在想，一朵花的开放与衰败，到底与我有没有关联？有。就像那个在黄昏出走的公子，再也没有回到桥上。他的背影却嵌在那里，一个女子的凝望，是一把刻刀，除了镂刻记忆，还可以刮骨疗伤。

有些事物，你用心地描绘出来就好，去赞美了，反而显得俗气。比如女人们穿着鲜艳的衣服在田间劳作，像撒落在大地上的花花绿绿的糖果，充满甜蜜的味道。黄昏时分，她们纷纷回返，又把各家的炊烟，放逐到半空中去，仿佛她们派出去的引路者，召唤着外面的家人快些回家。这大地上朴素的事物，本身就很美，无需再多言。

喜欢在黄昏带米粒儿出来散步。米粒儿在一棵茂盛的花树前驻足良久，她被那些花迷住了，她舍不得离开。她张着双臂的时候，像蝴蝶，嘟着小嘴的时候，像蜜蜂。

黄昏里最后一抹晚霞褪去的时候，米粒儿终于离开了那棵花树，使我不禁想象，她是那花树上可以自由走动的那一朵，替那些花，把芳香带向了天涯。

还有一些无家可归的人，白日的阳光为公园的长椅蓄了一些热量。那些人至少可以度过一个惬意的前夜。尽管他们没能在晚霞里找到出路，但在那最后的光亮里，获得了安慰。

黄昏时的太阳，内敛了许多。太阳也会有低头的时候，但它不是在认错，它是在思考，怎样在新的黎明聚集更多的热量。直至黑暗，完全取代它不可一世的光芒。我坚信，黑暗是由千百万只乌鸦聚到一起形成的，只要一阵风，就能吹散那些黑压压的翅膀。

夜幕即将降临，我会爱上所有在黑暗中把灯点亮的那些人。那个时候，庞大的黑暗，会被他们一点点地切割、分解。为自己点灯的人，先让自己成为发光体，而后才能去照亮别人。去做一个肯为别人点灯的人，慢慢就有了一颗伟大的心灵。

在黄昏的典当铺，我把自己当出去，期待第二天的黎明，我爱的人再把我赎回来。当然，赎回来的方式很简单——被露水洗过的清晨，妻子熬好了粥，唤我起床。

有时候，生活就是这样，需要另一种诗意的注释。

那么，在庞大的黑暗全部压过来的时候，再看一眼落日吧。它在飞翔，但你看不见它的翅膀；它在游动，但你看不见它的尾鳍。落日，是所有人的母亲，她的翅膀下，孵着黎明。

耳朵热了，有人想

　　按照中国人的说法，耳朵热了，说明有人在念叨你。而在科学家眼里，哪一边的耳朵热就证明哪一边的大脑正忙着呢！或许是忙着高端科技，也或许是忙着在官场运筹帷幄；或许是在斟酌一个广告创意，也或许正在为前程殚精竭虑；或许是在推敲一句诗歌，语不惊人死不休，也或许正在编织一串谎言，大珠小珠落玉盘；或许是在琢磨怎样去讨自己喜欢的人开心，也或许正在为怎样安抚老婆或孩子而处心积虑……

　　我不喜欢科学的解释，我喜欢那迷信的说法：耳朵热了，有人想。因为我宁愿相信那份看不见的美好。

　　小时候，母亲总是很迷信。打了喷嚏，她说，有人惦记你呢。左眼皮跳，她说有好运，右眼皮跳，她说有祸事。看见很小很小的蜘蛛爬下来，她说那是喜蜘蛛，家里要有喜事。

还有姐姐的头发，如果忘梳了一绺儿，她会认为是有客人要来，赶紧让姐姐重新梳起来，期望能够破解。早上打扫完屋子后，一根扫帚无缘无故地底朝上立着，母亲如临大敌一般紧张起来，"莫非，要来客人吗？"她把这也看成是有客人要来的征兆。那天下午，碰巧舅舅来了，我们觉得这根扫帚还真灵。那年月吃米要有粮票，每月都是有限的供应，常常缺米断粮，所以尽管母亲好客，也总是担心有客人来。我们却不一样，吃了上顿不管下顿，从不为明天发愁，我们盼着客人来，能借机会改善一下伙食，打打牙祭。所以，有时候我们会故意把那扫帚踢倒，然后底朝上放着，但是这刻意为之的小阴谋一次都没有得逞和应验过。

这些迷信的说法就像一个个荒唐的笑话，充斥着我的童年。但是我依然喜欢和愿意相信：耳朵热了，有人想。

说不定此刻我正在别人的记忆里匍匐而过，有幸在别人的心上驻留，哪怕一秒钟的时间。

那么是谁在想我？

是初恋的人吧。好多年不见，在某个暗夜里，她是不是偶尔也会拉开记忆的闸门，想念一下我这条曾经为她伤痕累累，宁愿只有七秒钟记忆的鱼呢？

是老朋友吧。我是多么怀念那些简单而美好的过往！如今他们聚在一起，还会热烈地谈起我，像当年一样，让我居住在他们的内心吗？就像风居住的街道。

是亲人吧。这是最不容置疑的，在这个世界上，血浓于水的亲人，永远是最最牵挂你的人。

据说因为星星离我们实在太远，它们的光亮映射到我们眼中要穿越几十甚至上百的光年，所以有时我们看到的星星，可能是早已陨落的。我们看到的，只是它若干年前仍然在光年中行走的光线。

它陨落了，却依然照耀着你，这和那些逝去的我们挚爱的亲人，是否有些相像呢？

亲人们离去了，可是那些温暖的记忆仍然照耀着我们，让我们在记忆那温暖的洞穴里，一边冬眠一边编织着未来美好的梦。

据说如果我们能以比光速更快的速度赶往另一个星球，我们或许有可能看到自己的童年。那么是否也可以看到我那一滴泪，委屈地滴在面前那碗不想吃的稀饭里而溅起的涟漪呢？那样另一个星球上的我会不会脸红？会不会急于向祖母道歉——"奶奶，那时我真不懂事啊！"

记得祖母离去的时候，父亲对我说，别伤心，奶奶只是出远门了。一生没有再和出了远门的祖母见面，但我知道，那些温暖的记忆始终围绕着我。

我会想念祖母，身在天堂的她也会想念我吧，那么，发了烧的耳朵也会有属于她的几度温暖吧。

耳朵热了，有人在想你。也包括那些逝去的爱着你的人。

有一天，耳朵热的时候我突然打了电话给母亲，母亲在电话里第一句就是，妈正想你呢，你就打来电话了，真巧！

是真的太巧了吗？其实母亲一天中哪一刻没有不想她的儿女呢？这根本就不算巧合，更算不上奇迹。

　　一生忙忙碌碌地走过，像农人的庄稼，迫不及待地茂盛，收割的时候，却没打出多少粮食来。而几乎所有的时光，都在守株待兔，拔苗助长中度过了。想着人生的窘境，天变得灰暗起来，一颗心沉了底。可是耳朵忽然间热了起来，这证明有人想我啊，这难道不是一种幸福吗？这幸福虽然单薄，却足以抵御冷凉。

　　所以我永不会向生活低头，哪怕它把我关进寒窖。因为即便你什么都没有，也总有耳朵热的时候吧。耳朵热了，有人想。

　　耳朵热了，生活就不会太凉。

我在写字，猫在酣睡

墨汁充盈，白纸充足，钢笔如此幸福，我如此幸福。

我要写字，像鹰要飞，马要饮水，猫要吃鱼，月亮要发光。

我喜风花雪月，但是更愿意描述尘埃里的生活。我的纸上楼阁，总少不了人间烟火的伴随。

我在写字，花在开花，各不相扰，岁月静好。

我写到鸟——不是所有的鸟，张开了翅膀就是要飞走，总有一些鸟，张开翅膀，是为了表达爱意。

你数不清自己多少次停留在同一个梦境里，就像你永远无法知道，一只鸟一生会有多少次落在同一根树枝上。

鸟会飞翔，用翅膀扇走忧伤，这多好。希望你也可以，从那个忧伤的梦里走出来。

这世间，没有一朵猥琐的花，也没有一只消沉的鸟。

我写到简朴之美——有时候，一碗水的寡淡，会胜过生活中杂陈的五味。

面对日益沉重的肉身，我们发出阵阵叹息。生活的辎重，需要我们卸下一些东西，以保证我们能够轻盈上路。

我写到季节——春天到了，人就有了草木的属性，心灵里的某些美好的想法，开始葳蕤。你若在春天里得了病，用春天的花就可以医治。用花朵和诗句配一副药方，如果不行，那就两副；夏天不过是春天的延续，只是，又胖了一点点，又美了一点点，又可爱了一点点。无数并肩而立的木棉，正与我一起，扛着整个夏天的浓荫；秋天干枯的身子，在等着一场雨，将它救活。我在一些落叶上写了"晚安"，我希望所有捡到这些落叶的人，都有一个平安的夜晚，以及，没有尘灰的梦境。两片落叶被风吹到一起，像两双手，紧紧握在一起；冬天，必然要写到雪，我任凭雪落，落进脖子里，落进骨缝和关节里，让此后的每一次疼痛，都和雪有关。大雪漫漫，覆盖大地。满地的白银，够我挥霍一生。

我写到大海——大海不懂撤退。大海永远奔涌向前，而生活里则充满着撤退和妥协。

大海不懂撤退。无论悲伤的，快乐的，它都用激情将其覆盖，再呼啸着推开。

我写到我自己——我是一个写诗的男人，呼风唤雨。却从不打扰身边女人的睡眠。每写一句诗，就给她掖一下被子。

我不是瓦匠，不能给你造一座房子；我不是木匠，不能给你打制一张舒适的床。我只是一个中等身材，长着死鱼眼睛的写诗的男人。

这场爱情的结果就是，你成了瓦匠和木匠，搭炕，搭炉子，修补桌椅和门窗，使摇晃的日子，得以稳当和妥帖。而我，只顾埋头写诗，为你加油。

我喜欢在夜里写诗，用手机放着轻音乐，一边催眠一边引诱缪斯。爱人的鼾声比乐音动听，我喜欢趴在床上，在熟睡的她的身边写诗，我为她写下：亲爱的，在余下的日子里，让我们彼此给予食粮，彼此给予，不摇晃的拐杖。

我写到云朵——在我头顶，像一块橡皮，擦去我的忧伤，也擦去我犯过的或大或小的错。

告诫我，弥补过错的办法，就是珍惜现在，按时吃药，按时睡觉，按时给花浇水，给猫喂食。不按时扯开喉咙，歌唱，不按时地，微笑。

我写到月光——照着人间大大小小的悲欢，照着每个人的睡眠。没有人因为睡眠与死亡相像，就拒绝睡眠。

没有人因为知道终点是死亡，而拒绝活着。

我写到米粒儿——她说，她也想写诗，让我教她如何写。可是，什么是诗呢？

一排排，一行行，读起来又美又忧伤，那不就是诗吗？

她说，把眼泪绑起来，眼泪就苗条了，把欢笑养起来，欢笑就胖了。这就是诗啊，我的孩子。

由此，我写到此刻的愿望——有一只小蝴蝶能飞进我的阳台，周游一圈后，再飞出去。有了惊喜，又无伤害。不要嘲笑一个父亲的愿望，而且，我从不认为我的愿望是轻飘飘的。此刻，我只想让女儿在看到蝴蝶之后，充满欢喜，然后蝴蝶飞走，她又失落。我想借此告诉她，美好的东西并不长久，它在的时候，哪怕一秒，就珍惜一秒。当然，大道理她并非能够听懂，我也喜欢看她噘着嘴，有一点点难过的样子。这样，她的妈妈就会过来抱住她，轻吻她的额头给予安慰，给她做可乐鸡翅，成功匀出几个给我，并递过来一罐啤酒。花开着，窗子也开着，风和阳光自由出入，这令人微醺的岁月，不就是我一生都在追赶的愿望吗？

我在写字，猫在酣睡。各不相扰，岁月静好。

有质量的日子

作家阿成在一篇小说里说："坐公共汽车去扫墓是最好的……颠簸的途中会有一个缅怀的过程，这很难得，也十分重要。须知，一年里这样的经历，这样有质量的日子并不多。"他用到了一个词——"质量"。有质量的日子应该是什么样子的呢？

记得小时候，每逢祖母的忌日，父亲总会亲自上灶，做几道拿手菜给我们吃，而其中有一道菜是做给祖母的，我们不能动筷。那道菜是地三鲜，父亲很仔细地给土豆和茄子削皮、过油，葱姜蒜一样不少，做好后盛盘端放到祖母的遗像前。我们不免诧异地问父亲："做那么认真仔细干嘛？奶奶又吃不到嘴里去。"父亲说："虔诚，不只是做做样子的。"

父亲让我懂得了，日子需要仪式感，庄严而肃穆，因为我们捧着的每只碗里都供着一尊菩萨，在护佑我们。

　　人在小的时候总梦想着长大后做大事，可是真正长大后，却又开始渴望变小，听听小调，喝点儿小酒，过小日子。人生所谓大事，不过是由一件件小事堆积而成的。

　　电视剧《人世间》里有一幕场景让我印象深刻：周父退休后从外地赶回来，已经好几年没见到老伴的周母，得知丈夫不用再下乡，喜笑颜开。睡觉前，她还在兴奋地跟老伴聊天："给你说个好玩的事呗。春燕她妈跟我说呀，她家电视很少开，为啥呢，她要把电视节目都攒着，跟她老头儿一块看。那我也攒了好多年的话，要跟你说呢。"

　　不知从何时起，人们热衷于玩儿起了数字爱情游戏，比如"520""1314"……每每到了与这些数字相关的日子，朋友圈里就热闹非凡，各种表白层出不穷，令人眼花缭乱。有时候，人往往是缺少爱，才刻意制造所谓的爱的狂欢。母亲节的时候，我就劝一些人先打电话问候一下母亲，再发朋友圈。或许你发朋友圈的本意是传播一种孝道，但也要自己先孝顺了才有意义。

　　有爱的日子，爱人，爱猫，爱狗，爱生灵，爱世间万物，一切由心，一派祥和，其乐融融。不缺少爱的人，每个庸常日子里的一缕饭香，甚至一丝风，一缕阳光，都可以是礼物。

　　清晨，昨晚的月还若隐若现在云层里，淡淡的。球兰在夜里开了，花香也在夜里散开，早晨，香气还在，浸润到我们的梦里。我想等妻醒来，告诉她，昨夜球兰开的时候，你的睫毛动了一下。

一块砖挨着另一块砖，不说话，但彼此依靠，垒成一堵墙，砌出一间房，挡住呼啸的风，圈住幸福的人，守住踏踏实实的日子。偶尔的争执、怨怼都无关大局，就像妻子切的冬瓜，不管是厚是薄，烹调出的都是尘世的好味道。

你看，垃圾堆旁的花儿也能开得娇艳；你看，人间烟火升腾出来的雾霭缭绕，总是给人氤氲而又无限向往的浪漫深情；你看，你在白天做饭洗衣收拾家务，我看着一条刚刚闭眼睛的鱼；在夜里你用文字去表达早上切破了的手指，我讲述中午那条鱼咽掉最后一口气泡时的挣扎……想想，这样的日子才是日子呀，活着的，动荡的，坚定不移向前奔跑着的日子。

经营日子是一门大学问。有的家庭用几根面条就能撑起热腾腾的日子；有的家庭一堆存款，反而把日子折腾得七颠八倒。有些人把日子过成了锅巴，有些人把日子过成了诗歌。要掌握好火候，要营养搭配，荤中有素，素中有荤，日子才有滋味。

"幸福的日子，要点灯来看，要用两只手，抱在胸前。"（苏浅语）如今，我们老了，幸福的日子，需要戴着花镜，去仔细地看。

有质量的日子，大抵如此吧。我想，它至少应该是不缺爱的日子。

一个下午的四分之一

午睡后，胸口有些闷，状态十分不好，心情自然也差。拉开厚重的窗帘，阳光一下子射进来，犹如万箭穿心。这些阳光之箭，不伤人，反而是用来治愈的。为了让更多的阳光进来，整个下午的四分之一，我都在擦洗一块玻璃。

一群燕子，在湛蓝的天空上飞过，仿佛在那里泼下了几滴水墨。春天像闪电一样来临，又像闪电一样短暂。当我发现第一只燕子从身边掠过时，郊外的草地已经绿波荡漾了。

麻雀们在早晨欢歌，而午后便沉寂下来，相依着在密叶间小寐。偶尔窃窃私语，轻描淡写地聊一聊，另一节树枝上的鸟。

我看到了那朵云，像一扇巨大的翅膀，甚至翅膀里的骨骼都清晰可见，这大自然的神奇之处，令我讶异。

当我把蓝山和卡布奇诺混合到一起冲泡的时候，体会到了什么是美好。

尽管身体有一点儿不适，但这些白云，以及卡布奇诺与蓝山交融的香气，妥帖地抚慰了我。不一会儿，那片云终于散尽，我的心情也已随之走出阴霾，我想，这片云好像就是为了我而来，也为了我而去的。

我复制这朵云到我的画板上，只是，我只能复制它的形状，却无法复制它的魂魄，因为画板上的这朵云，没办法流下泪水。

所以，还是把它放进心里去吧。一颗心，装得进多少白云，就流得出多少眼泪。

在刚刚的午睡里，死去的人，托梦来，向我描述地狱。语调平缓，毫无惊悚的意味。他说地狱里并无酷刑，只有无尽蔓延的冷漠。

我知道这种冷漠，会让三伏天的太阳都结了霜。

一个下午的四分之一，风用它温柔的翅膀，把湛蓝的天空擦得更蓝了。风吹动万物，其实，那并非风的本意，只是树叶想动，云想走，草们一会儿想对你点头致意，一会儿想趴下小憩。

风在到处敲窗，告知我们春天的喜讯，它更为殷勤，也更为直接，不像喜鹊，衔着好消息，却喜欢卖关子，总是先清清嗓子，理理羽毛，做足了铺垫。

两个放学的女孩，一边走一边打闹，笑声不曾停止。那笑声，仿佛是青春的响铃，循环播放着。一辆急救车从她们身边疾驰而过，救命的鸣笛声淹没了那笑声。

很多花瓣在风里飘，有一瓣落到我的窗棂上，那是风在提醒，被我们浪费掉的花香。

妻子在医院护理岳母，空闲下来，与我视频。我看到病房里，穿着病号服的病人来回走动，而陪护的健康人都倒去床上酣睡。自动取片机前，那些排队等着取化验结果的人，比山谷里的树还沉默。但不一会儿，就有咳嗽声响起，仿佛起到了带头作用，一大片咳嗽声紧随而来。

"医院是一些咳嗽的房子。"米粒儿说。她的话总是带给我惊喜。此刻，她跑出去，在窗外荡着秋千，一只鸟正在替我们打扫庭院。它衔起地上的一片叶子飞走，不一会儿回来，又衔起一片叶子飞走了。

我安慰着妻子，让她安心照顾母亲。这让我想起诗人阿信的代表作《在尘世》，诗中写了他和妻子在去医院的路上，遇见红灯，他反复轻拍着妻子颤抖的肩，说，不急不急。通过这个典型而朴实的安慰动作，表达出他们相濡以沫的情感，"身在尘世，像两粒相互取暖的尘埃，静静地等着和忍着。"这种无奈与辛酸，是多少人的共同经历，也是万千中年人的共同写照。

遥远的寺庙里传来钟声，敲击人心，有的人痒，有的人疼。老年公寓的老人们，倚在墙根，打盹儿。一会儿谁都想不起，一会儿，谁都在心底。

人世悲欣交集，许多事猝不及防，趁着这个下午的明媚，我要捡拾回我的率性，想歌就歌，欲泪就泪，不听奉承话，也不放"彩虹屁"，不用再为说错一句话而忐忑不安，也不必再为打了一个饱嗝而心跳加速。说出的话，写下的字，无须粉饰和润色，只管一条道跑到黑，撞了南墙走北门……

　　我想守住一些秘密，像小时候捂住口袋里的牛皮豆，生怕它们不小心蹦出来，掉进日光下的人群中。

　　一个下午的四分之一，这一生中微不足道的须臾，饱满、充盈，令我舍不得半点儿游离。

贴在窗玻璃上的蜗牛

■■■■■■　这一天，我好像得了抑郁症，坐在屋子里，一动不动，发呆。

生活给我开了一剂方子，我却忘记了病根。

在偌大的北京城，我像一只蜗牛，贴在窗玻璃上，看着急匆匆的人们，奔来跑去。

而在我这里，好像人世变得越来越小，再也不想征服那么多东西，最后只缩小到一个圈子三两朋友，一个家和一个深爱的人。

一辈子好像就此落幕了一样。

但我并不悲伤，反而悬挂着幸福的微笑。转身拥抱自己，与自己和解。

如果我是一座木讷的挂钟，善良将是我永远的钟摆，而淡然和快乐，将是我永远的时针和分针。

放一段音乐给自己。笨拙地转向有光的一边，看不到一生，至少半生也行。

说实话，这段音乐很普通，可是不知道为什么，它击中了我。

我在战栗，是的，很久没有这样的战栗了。

音乐，嘈杂无章，震动耳膜。

"我来自哪里?"很奇怪，听到这个音乐忽然让我想起这个问题，而且，它让我不自觉地拿起了笔，想写下点儿什么。

那么，就顺着自己的笔尖奔跑吧，愿意跑到哪里就跑到哪里，大草原，戈壁滩，喜马拉雅或者乞力马扎罗。

那么多无法抵达之境，都在这音乐里抵达了，这是我的灵魂在挣脱羁绊吗?如果可以，我愿意这样，一直驰骋。

此刻，白天，夜晚，不是我考虑的。时间忽而上升，忽而下沉，我看不见的旋转，落在白纸上，成为我灵魂的标点。

这个时候的北京不但没有雾霾，并且出奇的干净，天空总是很蓝，像被熨平的《梦幻曲》。

而人间并不平坦，世事诡谲无常，比如现在，毫无征兆地，忽然就下了雨。

用什么心态对待下雨?这是一个很平常的问题，但能反映一个人的生活态度。法国哲学家阿兰说，天上下雨时你正在街上走，你把伞打开就足够了，犯不着说:"真见鬼，又下雨了!"你这样说，对于雨滴，对于云和风都不起作用。你倒不如说:"多好的一场雨啊!"这句话虽然对雨滴同样不起作用，但是对你自己有好处。你于是抖一下身子，从而使全身发热。在这里，阿兰其实说的是人生的两种截然不同的态度。究竟是当看破红尘、愤世嫉俗的抱怨者，还是做一个淡定而积极的乐观派，这直接影响和决定你一生的幸福。

快乐离你其实并不遥远，只是看你是否踮起脚尖去够它。忧天的杞人也有他的幸福，那就是早晨醒来，天没事，而且一天比一天明亮。

鲁院的同学周华诚和我说过，他的一个摄影家朋友给女儿拍照片，从出生那一天开始，一天一张，从不间断。他在拍摄的时候，从不讲究任何摄影技法，背景也是一成不变的一面墙。这自然是受到朋友们嘲弄的。二十年后，他把这些照片制作成幻灯片，在一面洁白的墙上播放给朋友们看，朋友们都被震撼到了，从这些简单的照片里，看到了关于成长的秘密。

这笨拙而执拗的爱，像不像一只蜗牛？

我是一个路痴，但这并不妨碍我拥有一颗时刻准备远行的心。

我不能选择等到什么，我只能接受遇到什么。就像，遇到下一棵树，遇到下一阵风，遇到下一个人，遇到下一盏坏掉的路灯。

有位渔夫盖着一张破渔网睡在船舱里。夜里下雪，雪花透过渔网落在身上。渔夫早上醒来，抖了抖身上的雪，自言自语：真冷啊，那些没有渔网的人昨晚可怎么过啊！

看吧，你的悲悯永远都在，不论你贫穷还是富有。

所以，我尽量挑选温暖的词语和人说话，我努力不让微笑的挂钟停摆，我用善念把人间的不平熨开，整洁的世界为我铺开，我必然要挺直腰身，蜷缩，是对那份整洁的玷污。

我劝诫自己，别再说与这个世界格格不入的话，你花出去的和你拿到手里的钞票，那里面有多少指纹和你有过交集；你骑过的共享单车，有多少人也曾骑着过了马路；你在电影院坐过的椅子，有多少人也曾坐过，或者就在此刻，有人正在那里打着瞌睡？

笨拙的蜗牛，虽然缓慢，但从未停止灵魂的蠕动。

顾城说，草在结它的种子，风在摇它的叶子，我们站着，不说话，就十分美好。

是啊，只要你望着我，哪怕我在尘世里一直站着，也十分美好。

此刻的我，一动不动，发呆，也十分美好。

迷人的时间

　　我无法忍受，烟盒里剩下最后一支烟。我不敢吸掉它，有它在，我就有了某种依赖。有它在，这个长夜就可以慢慢挨过。

　　在第二盒烟没有买回来之前，这最后一支烟，就是我的救命稻草。

　　午夜，我在对面另一栋楼平行的窗户里，看到一个男人在地上踱步，一圈又一圈，很久，很久，我想他一定和我一样，也是个失眠者。

　　我们是共同的失眠者，这又是什么样的关系呢？

　　是孤独与孤独的对望。

　　我看得见他的指尖儿，明明灭灭的烟火，以及他徐徐吐出的烟圈。他比我幸运些，他的烟盒里香烟众多，不至于像我，为了最后一支烟而纠结万分。

我无法打开窗子，问他要一支烟，那就这样吧，我们隔窗对望，彼此给予失眠者的鼓励。

如此，沉浸于夜的海，又何尝不是一件美事！

> 终于一个人了！只听得见几辆迟归的、疲惫的出租马车在行驶。几个小时内，如果不是休息的话，我们至少可以得到安静。……终于，我可以沉浸在黑暗之中了！首先把钥匙旋上两圈。我觉得这一转增加了我的孤独，加固了把我和这世界分离的障碍。"

——波德莱尔《在凌晨一点钟》

在夜里，可以看到更深邃的世界。你看，在同一轮月亮下，万物有着迥然不同的倒影。比如一头牛的淡然安稳，比如一只老鼠的仓皇逃窜，比如，抽屉里这只蓝蝴蝶的不死之梦。

那是深秋的一天，我捉的一只蓝蝴蝶，把它关在了抽屉里，后来就忘掉了。过了两个月，偶然开抽屉找东西，发现它还活着，不飞，只是缓缓地扇扑几下翅膀。它竟然不吃东西活了两个月！后来我不时地打开抽屉观察，整个冬天，它都活着，不爬也不飞，戳一下翅膀就缓慢地开合。

这算得上一个奇迹。

我和这蓝蝴蝶是两种孤独的事物，在黑暗中相逢，相互赠予心跳和萤火。

我心里住着孤独，就像我豢养的这只蝴蝶，它看似弱不禁风，但是风吹不走它，雨也浇不灭它。可是我不敢过于精心伺候，人生有许多事，无心插柳更好，有意去做，反而不妙。

它就这么默默地陪着我，过了一个冬天。它如同我在写作时的心跳，我抒情时的呼吸。那些时日，孤独，是如此曼妙。

而此刻，对于我来说，是迷人的时间。

迷人的时间，不见得是一个人，也不见得是两个人，也不见得是很多人。迷人的时间，不见得有音乐，也不见得有咖啡或者美酒，也不见得有瓷器般光洁的躯体。

迷人的时间，在于你种下了多少玫瑰，在于你，捉到了多少颗星星。

迷人的时间，是逃离，比如誓言，离开嘴唇；比如闪电，离开乌云；比如斧子，离开森林；比如脚，离开冰面；比如手指，离开键盘……

林语堂曾经把孤独两个字拆开过，孤是孤，独是独。然后这样解释——有孩童，有瓜果，有小犬，有蚊蝇，足以撑起一个盛夏傍晚的巷子口，人情味十足。稚儿擎瓜柳蓬下，细犬逐蝶深巷中。人间繁华多笑语，唯我空余两鬓风。孩童、水果、猫狗、飞蝇当然热闹，可都与你无关，这就叫孤独。

孤独看上去凄美，却未必不是一种超脱。诗人伊甸说：

热闹是一种病，孤独是最美的故乡。

　　我愿意，把迷人的时间匀给孤独，我也愿意相信，在疯狂旋转的世界，孤独是最牢靠的扶手，你要牢牢抓紧，以免摔倒。就像对面那个共同的失眠者，见到他，如同在深夜里遇到同行者一样令人欣喜——我会给他举起火把，他将替我吹一段口琴。由此，我们的孤独负负得正。

　　所以，在我生命里，孤独从来都不是灰色的，而是蓝色的，就如同我抽屉里的蓝蝴蝶，那一团将息未息的小火焰。

那些安分守己的忧伤

一幅安静的画，是画家揉碎了自己的灵魂，蘸着回忆，勾勒出来的梦。欣赏这样的画，也要揉碎自己的灵魂，走进去。

文字，是我们对这个世界最好的倾诉方式，有时候觉得自己是那样一只咯血的火狐，在雪地上奔跑，追逐自己的梦，留下美丽的脚印。

文字就是我们的舌头，就是我们自己舞蹈的脚尖。

我喜欢那些诗一样的句子。每个段落之间，每个词语之间，都有文字的香。每个汉字的缝隙，都漏着月光。

夜深人静，一个人伏在书桌上，向一张白纸倾诉着爱恨情仇的时候，我听到了时钟里秒针走动的声音，仿佛心跳，均匀而有力。心里就有了一种莫名的感动，为这个寂静的夜里，它的陪伴。因而想到了生命中的那些过往，那些值得你留恋的人和事，不也正如那不停走动的秒针吗？在生命中不停歇地跟随着你，陪伴着你。

躁动的人全去了街上，那里有烟火表演。我们常常这样贪婪，耳朵在倾听天籁，仍然奢求眼睛能够享受美景。

现在我的身边只剩下旧事和静物，那些安分守己的忧伤，却带给我幸福的闪电，令我浑身战栗。

安安静静的幸福，在身边，一刻都不曾远离。比如，屋顶上栖息的鸽子，像一小堆一小堆的白雪，让人无比担心，它在某个炙热的午后，会悄悄融化；比如，邻家的小狗跑到我的院子里来，趴在我的脚边，为我看家护院；比如，在清晨，欣赏一幅安静的画；比如，在深夜，写上几句对这个世界的看法……

静下来的时候，我看到很多事物：一只黑夜里的虫，披着透明的翼，正在咬碎花瓣上的露水。

我听到了自己内心深处的涛声。

静下来的时候，往事在心底慢慢融化。年少时光啊，一个个激动人心的夜，一首首胡言乱语的诗。那时候喜欢点上蜡烛，其实蜡烛是我们每个人的光阴。我们都是流泪的植物，都在生长，只是一个向上，一个向下，我们和蜡烛朝着两个不同的方向奔跑，有着说不清的快乐，也有说不清的眼泪，那是成长的疼痛。

那时，整个世界都在眼前，可以尽情挥霍。你把世界画成仙人掌的样子，世界就是仙人掌，宽阔、敦厚，遍布荆棘；

你把世界画成狗尾巴草的样子，世界就是狗尾巴草，卑微、琐碎，满目狼藉。

世界是你自己的。你是随心所欲的恺撒。

静下来的时候，会发觉自己很轻。如同被人鄙薄的纸片，轻得没有了魂灵。案头的青花瓷，让我的灵魂顿生仰慕之情，到底是那些花的芳香泽了瓷，还是瓷的清辉润了花？那是个永恒的秘密，任何人都无法破解。

我把自己隔开，从白天的牢笼释放出来，走进夜的自由的丛林。关掉电脑，躲开那些虚幻的想象，躲开那些八卦新闻，听听角落里昆虫们微弱的喘息，才发现世界竟然如此纯洁。可是谁又能把那纯洁的世界珍藏，又在最早的早晨铺开？

这个崭新的世界忽然让我感到陌生。世界静得，只剩下黑色。

这个夜里，只剩下幸福的呼吸，均匀、舒畅。仿佛快乐的孩子，为了催促自己快些睡下，一遍遍地数着那些枯燥的阿拉伯数字。

这个夜里，我安分守己。把忧伤的灵魂交给稿纸，交给画布，交给缓缓流淌的乐曲。

世界就那样平静着，平静得有些出奇。公鸡照常催促着人们起来劳作，狗也照常用它的吠声维持着自己的生计，那吠声不外乎有两层含义：要么是在见到生人时为自己壮胆，要么就是在向主人讨取食物了。

我想起一个人也是在那样安静的早晨静静地走的。那是教过我的语文老师，穿着干干净净的衣服，犹如没有根的魂魄，犹如一缕炊烟，带着人间最后的温暖，化云而去。我去参加他的葬礼，那葬礼也是安静的，甚至没有哭声。我喜欢这样的送别方式，只有低低的乐曲，不由得让人愉快地想到，我们正在护送一颗灵魂赶往天堂。

等到一切都停下来，一切都静下来的时候，人就老了，便会感悟很多别人无法理解的幸福，比如找个好朋友，找个好天气，找棵结满果子的树，摇下几颗果子，然后坐下来，分享彼此无聊的生活点滴。比如默默地关注着一个你喜欢的人，你从不对她说：来吧，看我的水，波光潋滟，是为你泛出的波澜。你不愿打扰别人，你活在你自己的世界里。你只会对着山谷，喊出你的忧伤。你的安分守己的忧伤。

我合上我的稿纸，让那只奔跑了一夜的笔，回到它的洞穴。阳光出来了，我却要去睡一会儿了，我去冲澡，我要把自己洗得干干净净才去睡觉，这是我的习惯。这让我想到了我的语文老师，想到了他的死亡。每个人，每一天的梦乡，又何尝不是奔赴天堂之约的预演？

窗台上，一些昆虫已经奄奄一息。才发现秋的橱窗里，已摆满夏的遗体。

便禁不住一遍遍地这样问自己：静。然后是净。再然后，是境。可以让心灵美好的几个台阶，如今，我走到了哪里？

一座钟摆停下来

很久没有人从我窗前经过了，是的，很久。我不知道外面发生了什么，是不是因为自来水管道又坏掉或者其他什么原因封了道，总之，很久没有人从我窗前经过。成群结队的孩子，没了踪影，爱美的女子，也不再对着窗玻璃检点妆容。我在窗前独坐，像一具泥塑的玩偶，略带沉思的姿态。世界忽然静下来，尘灰也变得老实了，落在窗台上。蚂蚁爬过，留下奋斗的足迹。蚂蚁是唯一在动的光阴，它扯下一小朵阳光，涂到我的指尖上。它用有点儿发烫的触须告诉我，我尚在尘世。

我尚在尘世，但我没必要非得动起来，此刻，我就想半躺在藤椅里，盯着窗外看，静享一小口一小口吹过的风。

茶是隔夜的茶，香气早已飘散，茶具的精致，却抵不过茶垢的侵蚀，就像有些人，总是被回忆拖垮。比如很远的一个墙角处，一个枯萎的老人，被人遗忘，又被太阳唤醒。

很久没有人从我窗前经过，不是外面的人停止了走动，而是我自己，摁灭了欲念。就像一座时钟锈迹斑斑，时针和分针都停下来，偶尔会痉挛性地动一下胳膊，没有人愿意再给它上紧发条。

一个朋友的离世，让我在这个下午一动不动，我想让时间停止，可是我没有那种力量。昨天他还在，还与我斗嘴、品茶，一夜过后，他就给自己寻了仙鹤当坐骑。他走得逍遥，不痛不痒不牵强，活着的人却是揪了心，窗外的树叶齐刷刷地往下掉。

叶子落下一片，人间的白发就会多长一根。

他和肿瘤君斗了三年，终于还是败下阵来。世间不会因为少了一个人而有所改变，雨还是照样会落在好人和坏人的头上，阳光也还是照样会落在好人和坏人的头上。

日本作家吉田兼好在一篇文章里写道："今日本想做某事，忽又有另外的急事，于是此日即在忙乱中度过。等候的人有事来不了，没有约好的人却来了；有把握的事不能如愿，本不期望的事却意外顺利；麻烦的事情能够圆满解决，简单的事却留有后患。每日都有这种结果与期望不符的事发生，一年如此，一生也如此。"

道尽了世事无常！然而，这就是生活！

蒙田说，每天都走向死亡，最后一天走到了。

他说一个人要上绞架了，忽然感到口渴，向刽子手要水喝。刽子手先喝了递给他。他就拒绝喝了，因为他觉得刽子手不干净，也许会把梅毒传给他。

另外一位更荒诞了，那是说一个庇卡底人，他已上了绞架，有人带来一个少妇，承诺他若娶她，就可以赦免不死。他对她细看了一会儿，发现她走路跛脚，就说："套绳子吧，套绳子吧，她是个瘸子！"

一直很害怕死亡，认为那是一种难耐的黑暗。可是读完蒙田，心豁然了，死亡在他的笔下变得平常了，如同树木落叶、太阳下山一样的平常。

一个人不管走多远，最终都会停下来。此刻，我便停了下来，所以，很久看不到有人从我窗前经过。

灵魂的纵容也好，死亡的预演也罢，我只想停一会儿。

叶子依然在落，每落下一片，人间的白发就会多长一根。

我不再往前，尽管时间迅疾如飞。

人生在世，为了什么？

读书，上班，结婚，养孩子，老去……仅仅如此吗？也许仅仅如此。

生命看起来很顽强，但同时也很脆弱，该冒险的时候冒险，该静修的时候静修，珍惜好每一天从手中滑过去的光阴。给自己的人生找一个意义，就算它仅仅是父母人生的延续，你也应该为它去努力。

大地上布满脚印和坟墓，印证着你的奔跑和长眠。我听得到，奔跑时的喘息，也听得到，长眠后的鼾语。

大地如此静美，万物立地成佛。

你看不见的一部分

朋友说过他在生死边缘经历过的一件事。那是个冬天，由于生意失败，他输光了家底，万念俱灰，生无可恋。他推开窗子，想从这十二层高的楼上跳下去。绝望之际，他看到对面一扇窗子打开了，一个女孩儿探出头来，对着漫天的雪花，把她的嘴唇嘟成一个小喇叭，吹着雪。他忽然感受到了生命的美丽，生命如此可贵，怎能轻易舍弃！这个小女孩儿，用她肉嘟嘟的"小喇叭"吹开了他密布于眉头和心间的阴霾。

从那以后，他痛定思痛，生命及时止损，再一次收获了成功。他常常会想起那个小女孩，她是他重生的一部分。

一个冒雪骑行的快递小哥，正在派送一个精致的生日蛋糕。他担心骑得太快，会弄坏它，又担心太慢，顾客等得着急。所以，他骑行的状态是一会儿慢，一会儿快。我感到那生日烛火，从这一刻就已经开始点燃。这快递小哥，也是那生日蛋糕的一部分。

　　几株低矮的灌木，掉落了很多叶子。它们并非老去，只是脱掉了几件衣衫，为一旁瘦弱的小野花，让出几片薄薄的光阴。

　　光秃秃的枝干，是小野花灿烂的一部分。

　　鸟儿叫一声，黑暗就退后一寸，直到破晓。

　　这让我想起湖南诗人窗外写的一首诗《在没有乌鸦之前》，他通过这首诗有趣地假设了一个传说。他说从前的乌鸦也是喜鹊的一部分，那时候天地间都是黑的，乌鸦都是白色的，一些喜鹊歌唱着黑暗，另一些看见了光，就用嘴去啄天地之间的黑，每啄一下，自己就黑一分，人间就明亮一分，最后，它们就把自己啄成了乌鸦。

　　由此看来，乌鸦的黑，是白的一部分。

　　孩子们开心地吃着冰激凌，他们只接受甜，还不懂苦的妙处。还不知道，苦是甜的一部分。

　　还有，你是否肯爱着，甘蔗苦涩的那部分，所有人都知道，甘蔗很甜，可它也有苦涩的一部分，你找到了吗？你肯爱它吗？其实，苦和甜一直挣扎在它心里，它努力地甜，只为了让自己更有价值，而它为了那份甜，付出的辛劳，就是苦涩的那部分。

人们只会赞美精致的屏风，却无人歌颂伟大的木匠。终于有人歌颂伟大的木匠了，却无人想起卑微的钉子。很少有人会念及，钉子是屏风的一部分。

敲门的人看不见门。就像树影在敲一面墙，就像眼泪，在敲一张纸。

各自是各自的，一部分。

桃花开的时候，有犬，吠个不停。犬吠，是桃花的一部分。

我身高一米七四，那么，一米七四以上，就都是天空。

天空不远啊，就在我的脑袋上边；天空很远啊，我怎么也够不到它。

我举过头顶的手，就是天空的一部分。

我是月下的门，我渴望被你光顾。推和敲，都是爱的一部分。

我的车子在以八十迈的速度远离你，我的心，却以两百迈的速度，向你靠近。

远离你和靠近你，都是爱的一部分。

在疯人院，我看见一个疯子，把工人们用来粉刷的调料都混合到了一起，调出一种全新的色彩，令人目眩，却又赏心。在此之前，我从来没有遇到过，敢于如此大胆运用色彩的画画的人。

所以，疯子是艺术的一部分。

深夜的美术展览馆，那么多的美，各自为营，独守一隅，收敛了令人惊艳的光，安心过着朴素的日子。

低调是光的一部分。

诗人老井在一首诗中描述过一种类似于梦境的不可思议的场景。他在井下挖煤的时候，隐约听到了几声蛙鸣。他发出惊呼：这辽阔的地心，绵亘的煤层，到底湮没了多少亿万年前的生灵。天哪，没有阳光、碧波、翠柳，它们居然还能叫出声来！他小心翼翼，总怕刨着什么东西，在他看来，不一定哪块煤中，就含有几声旷古的蛙鸣。

蛙鸣是旷古的一部分。

十四岁那年，我有过一个秘密。

那一年，我将一张神秘的纸条装进一个玻璃瓶子，然后封好口，扔进一个废弃的深井中。纸条上，是我对一个女孩儿表达的爱意。我的秘密，永远无法被打捞上来。我愿意，让这个秘密暗无天日，永不开启。

如今，我却愿意公开这个秘密。我永远清晰地记得，那纸条上是一首少年的诗——"让我拉一下你的手吧，所有的花，都等着开呢！"

看吧，这个秘密，是我从那以后，见过的所有的花的一部分。

比较好的一面

████████　张子选写过一首诗《比较好的一面》：

有些木头被抬进秋天用于建造
比它们在伐倒之后很快烂掉好

有些灯亮在命里
比点在夜里好

有些日子云彩会飘过寺院和白塔
比天空总那么无端地空着好

有些时候在草原看见骑手带刀
比发现他们腰间闲着一段寂寞好

有些人遇在世上
比遇在别处好

有些岁月知道众生里有你
比一个人独撑着时间的分量好

有些话搁在心里痛着
比用嘴说出随即被风扔掉好

　　任何事，从辩证的角度去看，都具有两面性。这些"比较好的一面"，是一种大彻大悟后的观察和体悟。积极的，向善的，对这个世界有所增益的。我们所做的事、所行的善，即使微不足道，但因为那是好的，我们也要坚持做下去，即使于事无补，但求无愧于心。

　　有一次坐高铁，全车厢唯一的空座，就是我身边的座位。高铁不卖站票，几乎每一列都是满员状态。这难得的一个空座，让我失去一次浪漫邂逅的良机，就仿佛我与人约好见面，却被放了鸽子。我开始怀想，这个失约之人是个什么样的人呢？为什么买了票而没有上车来？发生了什么变故呢？一个女孩子，临行前被男朋友拦下了吧，陪他一起去烛光晚餐？一个男孩子，路见不平，勇斗歹徒，负伤进了医院……你看，我的思绪长了翅膀，谢谢你，亲爱的空座，这就好比，其他人坐着高铁，而我独自乘着飞机。

悲伤的人看街头的雪，像早些年十字路口那些烧给先人的纸灰，纷纷扬扬；喜悦的人看它们，像亿万只破茧而出的雪蛾，漫天飞舞。

清晨，一只金色小甲虫从草丛里快乐地飞起来，不小心落到蛛网上。蜘蛛美滋滋地向它爬去，可是费了九牛二虎之力，也没能把小甲虫捆住。小甲虫逃脱了。蜘蛛懊悔不已，但转念一想，自己也并非一无所获，你看，那蛛网上亮晶晶的露珠，不就是小甲虫带来的嘛！

你买的柠檬，无缘无故少了一个，你就在本子上写下——一只出走的柠檬，不会走太远，它天生的恋爱脑，肯定去约会另一只柠檬了，并且会把它带回来。

多年不见，初恋的人早已今非昔比。岁月没能捆绑住她的肚皮，却捆绑了她的喉咙，所以，她不苗条，声音却甜细如当年。

阿婆坐在院子里美滋滋地抽烟，一不小心，把一块漂亮的桌布烫出一个洞，但她也并不特别难过，因为她觉得没被烫坏的部分毕竟占比很大，桌布也还能接着用。

有些感情从一开始就设定错误，及时改弦易张，也就成了一种智慧。一个离婚多年的女人，早已没有了爱情，却一年比一年美丽。如此看来，爱情并非滋养人的唯一琼浆，宽容与豁达，余味更为醇厚。

事物皆有两面。所有人都逃不脱阴晴圆缺的循环，这就像最古老的诅咒，也仿佛最恒久的祝福。诅咒就像下弦月，从晴到阴，从圆到缺，从高潮向低潮滑落；祝福就像上弦月，从阴到晴，从缺到圆，从低潮向高潮攀爬。

我不为心中的落日感伤，抱着那灰烬里的暖，一样可以把美梦护送到黎明。这中间要穿过很长很长的黑夜，但黑夜有黑夜的好，最起码，可以摘下面具。当然，戴上面具，你是迷人的小兽；摘下面具，你是清澈的人。

吉田兼好说："心内不思虑杂事，心外不涉及俗事，该止的行为就止，该修的美德就修。"孟德斯鸠则建议我们要读书，因为"喜欢读书的人，就仿佛是把生活中非常寂寞的辰光，换成了巨大享受的美好的时刻"。这真是善于在时光中提金炼银的人，总是会捕捉到那些比较好的一面。为此，我常常捧着一本书，呆若木鸡。没有人知道，我藏着一个远方，要三生三世，才够得到的远方；要趟千条河，爬万座山才能到的远方；要比永远多一秒，才能到的远方。我悲伤，因为我只想到了过程的艰辛；我欢畅，因为我忽然看到了后来。后来，是一幅画——千亩桃林，万卷春风。你想想啊，风一旦松了绑，撒起欢儿，那盛开的亿万朵桃花，将会把世界装扮成怎样的天下！

遍地丛生的碎屑

我有一个抽屉，装满了来自生活的疼痛的碎片。

第一次和爱人看电影时的电影票。为她擦过眼泪的一块手帕。爱情转身的时候，我最后一次送她离去的站台票。

被撕碎的结婚照片。被摔碎的半块镜子。被诅咒过的一个陌生男人的来信。一枚占卜过我的命运的硬币。一张表情麻木的下岗通知。

一些朋友的信。一些嘘寒问暖，一些善意的忠告和安慰，一些委婉的拒绝。

女儿的成绩单。各种各样的获奖证书。她偷偷为我买回来的胃药和嘱咐我按时吃药的留言……

我的抽屉。一生的积蓄。我支离破碎的生命。岁月的补丁。时间的残章断句。

抽屉没有锁，也锁不住那些誓言的鸽子。只能锁住一些疼痛的碎片，一些被肢解了的幸福。

在老家的立交桥上，每年农历七月十五的夜里，都会有那些化为灰烬的碎屑在风中飘荡。我看到一对老人在桥的最高处放一盏灯，然后相互搀扶着伫立在那里，一动不动，任凭夜风吹乱他们的白发。

他们在怀念女儿。

他们的女儿是从桥的最高处纵身跃下的，被火车撞得支离破碎。

有人看见她跳下去的时候无所畏惧，脸上甚至带着快乐的表情。或许是为自己终于得到的解脱吧，在一场无望的满是煎熬的爱情里。

爱情在她那里变成了毒药，得到和失去，都令她粉身碎骨。

只是，那一跃过于决绝。破碎的不仅仅是她的生命，还有亲人的心。

一个人的一生就是不断地把自己拆离，要分好几块给不同的人，所以，人往往是千疮百孔的。总有一些遥不可及的梦想，总有一些怅然若失的疼痛。在我们生命的底页上，铺满了忧伤的碎片。大量职工下岗，操起卖小吃、擦皮鞋、收购酒瓶子的营生；昔日的车间主任到私营小厂当起更夫；惨淡经营的商人积累起来的家业，在一次失误的扩张计划中血本无归；拼了半生的命，挣到了足够的钱，忽然感觉身体不适，到医院检查，发现是绝症，并已到晚期；千阻万挡，为儿女们那些盲目的爱情设置了重重关卡，却依然被儿女们一个个攻破，最后只能用慈爱的手掌不停地摩挲着他们的头，听他们流着泪，讲他们流了血的心……

人生下来就伴着哭声，注定要经历疼痛的碎片。那些碎片，让生命变得无比厚重。

每天都要撕下一张日历，提醒我们过去的日子不在了，成为碎片飘远了。每个人的最后，也终将成为碎片。自己的碎片，别人记忆里的碎片，历史的碎片。就这样，所有的早晨都是撕掉昨天换来的，所有的黄昏都是夕阳悲壮地撞破额头送走的，无数疼痛的碎片填充了人的一生，无数悲伤的碎片璀璨了生命的夜空。

但你不能停歇，你的双肩担着生命的重任，你卸不掉爱你的那些期待的眼神，卸不掉疼你的那些忐忑的心。生命要继续，双脚依然要行走，心灵依然要向着梦想艰难跋涉。

把那些碎片垫在脚下，会铺出一条朝圣的路；把那些碎片挂在胸前，会串成一串祈祷的佛珠。

我把所有疼痛的碎片都装进抽屉，我的抽屉就是一部完整的童话。我为小小的女儿珍藏着这些宝藏。小小的女儿，什么时候读懂了这些疼痛的碎片，什么时候就开始长大。

那个农历七月十五，再次回到老家的时候，我依然在夜里看到了那些燃烧的纸屑。那个立交桥，成了那一对老人的断肠地。他们在用自己破碎的心，去怀念另一颗破碎的心。

那时，我正骑着车子从桥上经过。桥的坡度很大，骑车爬坡时会把人累得气喘吁吁。但是，在看到朋友立文驮着未婚妻疯狂爬坡的时候，我忽然理解了那个带着微笑跳下桥去的女人，理解了那颗破碎的心。在朋友竖起的头发里，我又一次感受到了爱情的魔力，因为骑着空车的我，使出了吃奶的劲儿也无法追赶上他。

　　有时候，人生就像拼图游戏，每一小块图片都不会重复，你必须一块一块不怕麻烦地拼起来，最后才能看到整幅风景。这就是生活吧。它总是不断地，把那些美好的东西打碎。然后又不断地，把打碎的碎片重新组合起来。

向美好的旧日时光道歉

美好的旧日时光，渐行渐远。在我的稿纸上，它们是代表怅惘的省略的句点；在我的书架上，它们是那本装帧精美，却蒙了尘灰的诗集；在我的抽屉里，它们是那张每个人都在微笑的合影；在我的梦里，它们是我朦胧中喊出的一个个名字；在我的口袋里，它们是一句句最贴心的劝语忠言……

现在，我坐在深秋的藤椅里，它们就是纷纷坠落的叶子。我尽可能地去接住那些叶子，不想让时光把它们摔疼了。

这是我向它们道歉的唯一方式。

向纷纷远去的友人们道歉，我已经不知道一封信应该怎样开头，怎样结尾。更不知道，字里行间，应该迈着怎样的步子。

向得而复失的一颗颗心道歉。我没有珍惜你们，唯有企盼，上天眷顾我，让那一颗颗真诚的心，失而复得。

向那些正在远去的老手艺道歉，我没能看过一场真正的皮影戏，没能找一个老木匠做一个碗柜，没能找老裁缝做一件袍子，没能找一个"剃头担子"剃一次头……向美好的旧日时光道歉，因为我甚至没有时间怀念，连梦都被挤占了。

我们走得太快，与生命中的一些美丽景致擦肩而过。正如电影《大城小事》里面的一句台词：我们太快地相识，太快地接吻，太快地发生关系，然后又太快地厌倦对方。看来，都是快惹的祸！在这点上，老祖宗可比我们有智慧，他们说，心急吃不了热豆腐。

旧日时光，尽管琐碎，却那般美好。

琐碎这样一个词仿佛让我看到这样一个老人，在异国他乡某个城市的下午，凝视着广场上淡然行走的白鸽，前生往事的一点一滴慢慢涌上心来：委屈、甜蜜、辛酸、光荣……所有的所有在眼前就是一些琐碎的忧郁，却又透着香气。

其实生活中有很多让人愉悦的东西，它们就是那些散落在角落里的不起眼的碎片，那些暗香，需要唤醒，需要传递。

就像两个人的幸福，可以很小，小到只是静静地坐在一起感受对方的气息；小到跟在他的身后踩着他的脚印一步步走下去；小到用她准备画图的硬币去猜正反面；小到一起坐在路边猜下一个走这条路的会是男的还是女的……幸福的滋味，就像做饭一样，有咸，有甜，有苦，有辣，口味多多，只有自己体味得到。

　　但人性中也往往有这样的弱点：回忆是一个很奇怪的筛子，它留下的总是自己的好和别人的坏。所以免不了心浮气躁，以至于总想从镜子里看到自己十年后的模样。现在，十年后的自己又开始回想十年前的模样了，因为在鬓角，看见了零星的雪。

　　年少轻狂时，恣意挥霍着彼此的情感，在无数个夜里，我为曾经的伤害而忏悔。经历了千山万水和种种磨难之后才知道，爱人才是最后一盏照耀我的灯，这最后一盏让我复活的灯，微弱却坚强地亮着，让整个夜晚，让我的内心，无比明亮，时时刻刻为我的灵魂指引方向。所以我留着那些忏悔的眼泪，用来换取明天通往幸福港湾的船票。

　　向美好的旧日时光道歉，因为我的不慎重，将你们失手打碎。从此我的心，变成无底的杯子。

　　向美好的旧日时光道歉，因为我的不珍惜，将你们丢在脑后。友情的树，爱情的花，一个孤零，一个凋落。

　　友人，如果你们听到了这些啰啰唆唆的话，请告诉我，这个周末的火炉旁，暖意融融，能饮一杯无？

　　爱人，如果你读到了这些絮絮叨叨的文字，请告诉我，停在你门前的那三匹马的车子，还能否，载得回你的深情？

遇　见

██████　我遇见一个奇怪的人。他具备末流诗人的潜
质，矫情、造作，还有那么一点儿神经质。常常会做一些脑
回路清奇之事，比如，天晴的时候，他打把伞，下雨了，他
反而把伞收起来。这就像脚被砸了而被医生要求去做脑电图
时的逻辑一样滑稽和可笑——你的脑子要是灵光，反应敏捷，
怎么会被砸呢？

但是，有些人的伟大正在于，他们从不为了自己畅饮而
打水。晴天打伞，他说是为了给那些中暑的人挡一挡阳光的
暴晒；雨天收伞，他说是为了给别人做个示范，一个人的灵
魂需要灌溉。

他在大雨里仰起头，他说他从来没有如此奢华过，洗一
次脸，用了一片汪洋。

我遇见蚂蚁们来回奔走。蚂蚁们喜欢将它们的想法搬来

搬去，其实，它们不过是犯了怀疑症，总担心储藏的粮食不安全，所以总想着换一个地方。这是不是与尘世中的某些人相似？

我遇见一只死去的鱼。目睹它被烹制以及被端上餐桌的全过程。我没夹住那只鱼眼睛，它滚落到桌子上，我误以为那是一条鱼最后的挣扎——用浑浊的眼，向这个世界投来最后的、憎恨的一瞥。

我遇见，星星落在蝴蝶的翅膀上。蝴蝶微微动了一下翅膀，星星就落了下去，落到我脚下，硌醒了我，疼痛的幸福。

我遇见阳光，锲而不舍地照着，妄图使那些僵硬的事物，变得柔软，充满生机。

我遇见一个临刑前的犯人，他没有吃一口饭，宁愿饿着上路。却要了一支烟，他说，尼古丁的气味，可以帮他的灵魂，找到回家的路。太多的人中了太深的毒，返回身来有多么艰难。

我遇见人潮汹涌，如不息的大海。我遇见迷失了故乡的风，一而再地制造着荒凉。

我们光鲜亮丽地来到酒店，服务员们把我们当太阳一样奉承，我遇见她们的脸，如同一朵朵向日葵，绕着我们转。

我遇见公园里一条用光滑的小石子铺成的小路，每隔一段，就有小石子组成的图案，比如心形，比如蝴蝶，我想铺路的人一定是童心未泯，他想以这种方式让自己"扬名立万"，那些可爱的石子，在他手里，是活生生的。

我遇见，海上的邮轮，像白色的巨大熨斗，缓缓前行。熨平大海的褶皱，让它欲念消隐，让它风平浪静。

我遇见一个穿旗袍的女人，仿佛穿着一个朝代。她慢慢走到巷子的尽头，又慢慢折返回来，旋即又快速地走到巷子尽头，并再次折返回来……

我遇见蜡烛，被束之高阁，没有人再去点亮。因为遗忘，是最彻底的黑，哪怕是五百瓦的灯泡，也无法将它照亮。

我遇见萤火虫，竟也不自量力起来，学着螳臂当车，妄图把整个黑夜，拖进它细微的光亮里。

我遇见梅，并不采摘它。望它一眼，便心满意足。重点是"寻"，我采与不采，梅花的落与不落，皆可忽略。

我遇见一个舞台上的魔术师，在人们的尖叫里施展他的魔法。他手里拿着一顶帽子，一会儿变出鸽子，一会儿变出彩带与花环，令人眼花缭乱。人们被表象迷惑，从不去想，那帽子里，其实空无一物。

我遇见笔直的大路和弯曲的小径，我喜欢后者，路若是不弯曲，人间就少了情致。

我遇见遥远的炊烟升起，我愿意把它形容为灵魂的纤夫，正在努力地拉拽，那些卑微的陷入尘埃里的事物。

我遇见河流。河流是爬在地面的炊烟，炊烟是涌向天空的河流。它们不论伸向高空还是爬向大海，其实都是在奔向远方。

我遇见为爱哭泣的星辰，也会遇见为爱欢欣鼓舞的萤火。

"我遇见你，是最美丽的意外，总有一天，我的谜底会揭开。"
（孙燕姿《遇见》）

　　遇见一匹马，就会跟着那匹马奔跑；遇见一头猪，就会跟着那头猪厮混。一个人对另一个人的影响力，大抵也是如此。那么，愿你今生，只与美好的人相遇。并和他一起，把人间的生米都煮成熟饭。

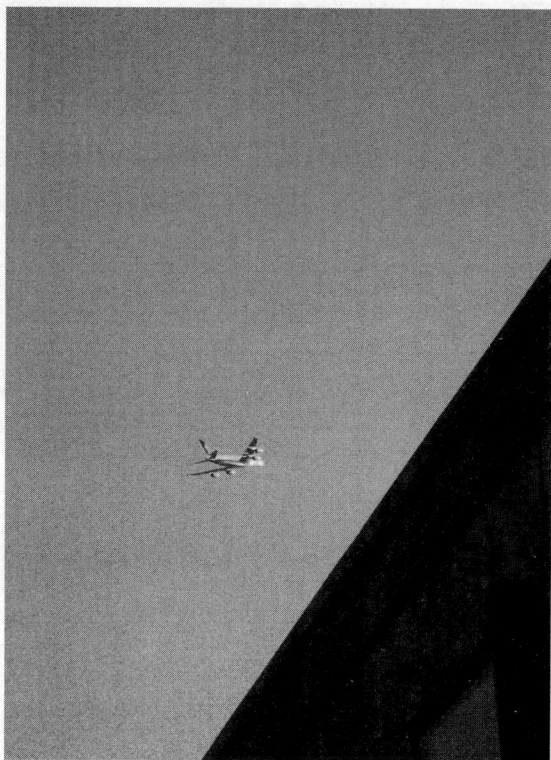

第四辑：一闪而过

　　傍晚，带着米粒儿去公园散步，天慢慢黑下来，路灯一排排亮起。米粒儿说："路灯好辛苦，它要等天亮了才睡。"

　　是啊，路灯要天亮了才睡，负责启悟的人，要一直醒着。

　　　　　　　　——《路灯要天亮了才睡》

屋　顶

　　我来自人间，我是一团善良的骨肉，我手持艾蒿，我爬上屋顶。我把浩然之气做成一支簪子，插在家的发髻上。

　　屋顶，是我最好的安放月光的地方。思念的月光，总是很滑，顺着你的脊背，一不留神就溜进心里去。

　　我循环地播放一首思乡曲，今夜，我的屋顶上，定是月光皑皑。

　　我没有其他浪漫的法子，只能带着心爱的人，爬上屋顶。我的美好都是假设的，把月光裁剪，为她做一件婚纱；把星星打捞，为她串一条项链……这些虚设的美好，竟然也会让她流出泪水。

　　她说，她爱这屋顶。

　　而我们似乎抢占了猫的地盘。屋顶上，总会碰见避之不及的猫的爱情，众多的爱情里，猫的爱情是我讨厌的一种。我觉得它们的爱情过于鬼祟，像偷情，不敢大白于天下。

屋顶的那些草，就好像猫的高高翘起的尾巴，在风里胡乱招摇。

父亲打来电话说，屋顶上的瓦碎了一块，他正准备爬上屋顶，把那块碎瓦换掉，不然下雨天时屋子该漏雨了。

众多的肇事者中间，我想到了猫，一定是它们过于放纵的情爱，让屋顶的那块瓦不得善终。

我担心他的安危，毕竟七十多岁的人了。我让他挺过这两天，过几天我请假回去弄。他说他听了天气预报，这两天有雨，漏雨的屋子可要不得，弄不好就哗啦啦地把好日子都给漏掉了。

父亲有听天气预报的习惯，喜欢对每天的天气了如指掌，我不明白他为何要如此执着，他说一个人，难道不应该关心天气吗？天气就是老天的脾气啊，咱得随时留意着，不然他哪天发了脾气，你们都还蒙在鼓里呢！

对自然的敬畏，让父亲的骨头里，又多了一样钙质。

父亲担心着一块碎瓦，我担心着父亲的身子，他再也无法直起的腰身，爬上屋顶，会是一种怎样的艰难！可是，我在想象这个画面的时候，除了担心，还有一种骄傲的情怀，我仿佛看到一面旗帜的冉冉升起，是的，我可以把父亲比喻成旗帜，他并不伟大，他只是让我降生，让我长高，让我善待世界，这便足够。

父亲执拗地在我回家之前，把那块碎瓦换掉了，还好，他安然无恙。

我命中的旗帜安然无恙，屋顶安然无恙。

顾城曾说：人的责任是照顾一块屋顶，在活的时候让它有烟。

屋顶有烟，我就知道尘世安稳，就能想到亲人们安详的睡姿，能听见一会儿拢起一会儿散开的鼾声，能想到多年前养过的一只狗，怀抱一只沾满脚气的棉拖，摊卧如泥。

看吧，这就是我们的尘俗，那里有我们想要的暖。哪怕是生了草的屋顶，也不妨碍那暖，在屋子的任何一个角落流转。

每个人都有一块自己的屋顶。那里离星星很近，即便乌云遮天，我也喜欢抬头仰望。

在我所有的漂泊里，屋顶是我忠实的岸。是我出发之地，也是我最终要赶回的地方。

有生之年，我只想照顾好一块屋顶，让屋顶有烟。

屋顶有烟。烟里有菜香，有父母的味道，那一丝看不清的缠绕，裹挟着我的灵魂，径直地扎下根去。

屋顶有烟，眼里有泪。

屋顶有烟，不管它是笔直的，还是被风吹得左右摇晃。只要有烟，它就是活着的。

西风凛冽，父亲凌乱的白发招摇开来，像屋顶上干枯的草。我急忙给父亲戴上一顶帽子，好像给屋顶换了一片新瓦。

风吹开哪一页，就读哪一页

有　次去青藏高原，高原反应令我头晕目眩，呼吸急促。这再一次让我明白一个道理：有些高处，不适合自己。就如同看到老狮王被赶出狮群时，我们毫不意外：选择了称霸，也同时选择了没落。

老了，不再喜欢往高处爬，喜欢往低处去，喜欢和小摊小贩们聊天，喜欢和人群扎堆在一棵老树下，观棋不语。喜欢家里饭菜的味道，推掉的应酬越来越多，手里拎着的果蔬一次比一次新鲜。

老了，终于明白，要认真去爱在世的亲人，卸掉心里那些敌人。愤怒时尽量控制分贝，听到不雅之语也不轻易皱眉和离席。坚定地认为蟋蟀和梅花一样可爱，愚笨比聪明更为金贵。

心情烦闷的时候，麻雀的叽叽喳喳也令人恼怒，不禁拿起一颗小石子，轰赶它们。心情平复的时候，鸟声又是一种美好的调剂，幸运的是，我愤怒的石子并没有真正赶跑它们，它们依然在我的阳台上方叽叽喳喳。它们的宽容，令我欢喜，也令我羞愧不已——生命中，另外一些被我"赶跑"的人和事，多久不曾回来过了？

这让我想起孩童时家里养的两头驴子，关在同一个马厩里，它们相互发泄着不满，很是闹腾，假若牵走一头吧，可是另一头就变得焦躁不安。原来那些不满，也是他们在一起的意义。

远的地方叫远方，更远的远方叫遗忘。人过中年的我，收获着越来越多的遗忘。慢慢地，我终将变成一个失忆的老人，胸牌上的电话号码是我与世界的唯一联系。迷路的时候，只能求一个路人拨通电话，等着电话那头的亲人，前来把我认领回去。

一位记者说过，即便开了一辆老掉牙的破车，只要在前行就好，偶尔吹点儿小风，这就是幸福。幸运的是，我留下过一些文字，还有人记得，哪怕很短暂。所以，我也没有理由悲伤。

人到中年口才极好的女教授，一句话好长，甚至不带喘气。她的口齿让我联想到，她丈夫面临的压力。

　　我们希望领导在会上，长话短说。可是面对自己心仪的人，却希望短话长说，巴不得一个词都要拉上半个钟头的长音。

　　我平翘舌不分，有时候着急还会口吃，这也不妨碍我对于朗读的热爱，我依然会无比虔诚地读我自己的诗篇，并不介意人们的嘲弄。

　　从前，遇见空的东西，总喜欢往里面填充另外的东西，以使其丰盈。比如，遇上一面白墙，总喜欢涂鸦；遇到一块平整的雪，总喜欢印上脚印；遇到一支空瓶子，总喜欢插上花，或者灌入烈酒，顺便泡点儿中年的枸杞……

　　如今，见到空的事物，喜欢让它们就那样空着。

　　在我的读者群里进行过一场小讨论：你是希望成为一棵草还是一棵树？读者们莫衷一是，我的答案是，只有成为小草之后，才会想着去成为大树；或者成为大树之后，才想着去成为小草。

　　只有储存满了小草的温度，才会去梦想树的高度。或者是，只有领略了树的高度，才会去惦念小草的温度。这几乎就是人的欲望轨迹。人的欲望总是在经历了一些事，以及一些时间之后，有了顿悟，才会收紧。

　　多少人拼命努力，其实就是为了拔掉内心那株自卑的野草，可是它的生命力实在太过强大，你获得再多的金钱，得到再多的赞美，它都不会消亡，你永远无法斩草除根。

有时候我的委屈，大于泪水，小于河流；但更多的时候，我的喜悦，大于河流，小于大海。

生命最后，总是避免不了要谈到死亡。死又何妨！不过是从烟火人间，走进拥挤的星群。我仍旧，需要为了占领一个可以更好地发光的位置，费心劳神。

活着不相识的人，死后聚到了同一片星群。彼此遥远的灵魂，因为死亡，而成了亲密的邻居。

看吧，从生到死，一路上充斥着光与影的游戏。沟沟坎坎，跌宕起伏，任何一种剧情都有可能上演。往往是，有心栽花花不开，生命，顺其自然就好。如果每个人都是一本敞开的书，那么风吹开哪一页，就读哪页好了。

不　旧

　　春天从来不会旧，但夏天还是将它替换；夏天也不会旧，但秋天还是会将它驱赶；秋天也不会旧，但冬天终将把它征服；冬天也不会旧，春天只是把它融化。这不是诗，是时光的本质。我们日复一日地老去，但从来不会旧。你的皱纹，你可以认定那是你在丑陋地老去，但它不是旧的，你若仔细看，你的皱纹也会闪着深刻的光。把活着的每一天，都认真地过了，每天晚上临睡前，都对自己说一句"晚安"。如此，即便到你离世的那一天，你都是新的。

　　透亮的光，始终都照在我们身上，哪怕是死亡也可以不旧。就像美国电影《大鱼》的结尾：父亲的葬礼上，他生命中出现的人都到场了，大家快乐地问候，像是在庆祝一个美丽生命的诞生。看吧，是新生命的诞生，这是对于死亡的最特别的诠释。

黑塞在《堤契诺之歌》中有过一段优美的描述："人生苦短，我们却费尽思量，无所不用其极地丑化生命，让生命更为复杂，仅有的好时光，仅有的温暖夏日与夏夜，我们当尽情享受。玫瑰花及紫藤已开开落落了两回，白日渐短，每个树林，每片叶子都带着惆怅，轻叹着美景易逝。晚风徐徐，拂过窗前树梢，月光撒落在屋内的红色石板上。故乡友人别来无恙？你们手中握着的是玫瑰或是枪弹？你们是否依然安好？你们写给我的，是友善的信，抑或是谩骂我的文章？亲爱的朋友们，一切悉听尊便，但无论如何，请切记：人生苦短。"人生苦短，美景易逝，当下即为珍珠，即为天籁，即为世外桃源般的曼妙之境。如此，在一面镜子前，我才能认真地反复地看着我自己，像看一件孤单的事物。依稀可寻的棱角，骤然猛增的白发，沧桑就是这个样子吧，所幸，依然有光，我还不旧。

当我们老了，也不必怅惘，我们还能靠着回忆生活。蚕吐的是丝，我们吐的是往事。用回忆把自己包裹，期待重生。

在公园的山路上，我们看到一个年过八旬的老者，绕着山路走步。他精神矍铄，步履轻盈，我们都走不过他，总是被他轻易地超过去。每每这时，他还不忘善意地"揶揄"一下我们："快点儿走啊，连我这个老头子都走不过！"这样的场景持续了几年光景。忽然有一天，再见不到他的踪影，我们都担心他是不是生病了。再一次见到他的时候，是半年后，他佝偻着腰身，精神头还在，一边快走一边大音量地播放着欢快的曲调。这一次，我们轻松就超过了他。他还是不忘调皮地冲我们眨眨眼，竖起大拇指。他终于慢下来了，像一座挂钟，虽然心劲儿还在，但明显是发条松了，越来越慢。但我相信，他依然不旧。

我一遍遍地读北岛的《时间的玫瑰》，被他的诗性与意象所震撼。我们终将被时间的玫瑰所热爱，也终将被时间的玫瑰所遗弃，时间可以被描述为玫瑰，也可以被描述为利斧。种植玫瑰，也砍伐玫瑰，人就是这样，一边悲悯，一边施暴。所以，时间美丽，但它有刺，最美的时间的玫瑰，是蘸着你血的红玫瑰，也是披着你月光的白玫瑰。时间可以把我们带向衰老，但它永远无法把我们变旧。

如果时间忽然脱臼，我们会在那空白的缝隙里，做些什么呢？

这永恒的意义，在这个瞬间抵达，多么令人惊喜，桃花不落，云朵定格在天空，不再消散，微笑不灭，眼泪也在眼角凝成珍珠……当我们还沉溺于这样的美梦时，时间的手臂忽然"咔嚓"一声被接上了。

年轻时，我也有过一把刀，锋芒犹在。就像妻子那件风韵犹存的旗袍，不舍得送人，那是年轻时的最爱，虽然现在早已穿不到身上去。不论是刀，还是旗袍，尽管知道，它们于自己已经没有多大用途，但依然想保存起来。那亦是一颗不旧的心。

妻子对我说："你越来越像你爸了。"这并无贬义，只是说我的状态一点点趋向衰老。父亲瘦小羸弱，但我知道，父亲也曾健壮过。得了大红花的那年，他拍的照片就显得很多肉，一如我意气风发时的样子。我与父亲在彼此的身体里自由穿越，因为我们流着相同的血，所以，妻子在说我越来越像父亲的时候，我并不觉得悲哀，相反，以此为荣。老了又如何？那不过是放下了虚浮的那部分，我瘦了，但骨头依然硬朗着。最起码，我不会认为自己生了锈。

在一家饭庄门前，我看到有无数个旧轮胎被填上了土，种下一些花，那些花都开着，艳丽妖娆。旧轮胎，无论如何也没有想到，有一天，它还能以这样一种方式"存活"着。因为花朵的绚烂，人们忽略了旧轮胎做成的花盆。管他呢，欣赏美就好啦。轮胎变成花盆，它便不旧了。

母亲老了，但她的爱是不旧的。她会把一个年轻的女子，递到你的身边来，照顾你。诗人祁人在他的诗中就是这样阐释"新娘"一词的——"新娘啊，是母亲将全部的爱，变做妻子的模样，从此陪伴在我的身旁。"

新娘，是崭新的娘，年轻的娘，这是母亲的回光返照，是母爱的传递。

亲爱的新娘，与你相比，我才知道自己还是有那么一点点陈旧的，我用雪，用月亮，用滔滔的时光，不停地清洗，我要配得上你，配得上这份旷世之爱，配得上与你在一起的每一个平凡的瞬间，配得上与你拥有的，伟大的点点滴滴。

参 差

世上之人存在着各种差异——你富可敌国，我小本经营；你位高权重，我人微言轻；你名满天下，我默默无闻；你"高富帅"，我"矮矬穷"；你智商一百四十分，我只有九十分。更有为人层面的，比如有人真诚，有人却连亲人都要骗，有人表里如一，有人两面三刀，有人慈悲良善，有人恶贯满盈……这些差异，决定了世界的多样性，更有一些人，喜欢戴面具，不以真面目示人，要辨别这些差异，唯有靠我们自己，擦亮眼睛和心，近君子远小人。

人世间多的是参差不齐，有优等生和差生之分。优等生或许推动了历史的进步，但真正诗意的生活却是由差生创造的。

这里所说的"差生"并非奸佞之徒，而是生活在社会底层的人们，因为他们并未获得世俗意义上的所谓"成功"，所以被冠以"失败者"的名号。但他们并不为此自怨自艾，依然努力地热气腾腾地活着。

卖猪肉的女人容颜如花，此刻，扎着油渍腌臜的围裙，剁着一爿硕大的猪肉。一只流浪狗在她脚边摇着尾巴。她一边作势要踢它，一边抛给它一小块儿脆骨。这就好像在教训自己淘气的孩子，打一巴掌，再给一个甜枣。

一群民工，在脚手架上劳作。这些在暮色里燃烧的人们，即将成为灰烬，然后在隔日的晨曦里，涅槃重生。

曾经的自己，内向又自卑。感觉就像是一棵杂草，努力挺了挺身子，又用露水把自己洗得干净一些，可毕竟还是一棵杂草。在一场大雨里，毫无遮掩地大哭，在心里说，如果，这眼泪汇成的大海淹不死我，我就好好地活下去。

我在湿漉漉的生活里，一次又一次地拧干自己，慢慢地我就发现，自己缩水严重。这不免让我想到一个段子——某个女人省吃俭用买了一件国际名牌衣服，小心翼翼地穿了几天，再小心翼翼地洗涤一新，没想到衣服严重缩水，再也没法穿了。致电客服，客服回答："买我们这个牌子的顾客通常不洗衣服的。"

当我还在为营养不良而忧伤的时候，一些人已经开始在为营养过剩而烦扰了。

就着一碟花生米下酒的人，在雨里号啕大哭的人，给一匹马下跪的人……都是走进生活深处的人。看吧，还有那些游荡于磨坊、风车之间，酣睡在星座之下的流浪者，那些在惊涛骇浪间搏命的水手，那些走街串巷的货郎，那些遭小人陷害郁郁不得志的英雄，给我们留下了多少动听的故事！而那些志得意满的成功者、优等生，往往是文学作品着墨极少的，因为他们是如此乏味而空虚。

有参差，就有了对比。有些对比效果明显，比如酒鬼的猥琐反衬着酒仙的飘逸；荡妇的腌臜反衬着贤妇的忠贞；小人的卑鄙反衬着君子的高洁……可是，很多对比又毫无意义，比如黎明和黄昏，比如吃饱的羊与空着肚子的羊，比如一片短寿的苔藓和一棵千年老树……

我在一兜沙果里，能吃出甘甜与青涩，它们挨得那么近，上苍赐予我们的，总是如此公平，就像你嗑了一大把香香的瓜子儿，忽然就嗑到一个有霉味的，为此，你必须推倒重来，以便让健康的芳香再一次占据上风。

罗素说："参差多态是幸福之源。"这句著名的话让人很是受用。老舍说得更具体："生活是种律动，须有光有影，有左有右，有晴有雨，滋味就含在变而不猛的曲折里。"有的人远行，有的人踏上归途；有的人喜欢白天，有的人迷恋黑夜；有些人沾了枕头就鼾声四起，有些人数了上千只羊，依然辗转反侧……有高有低，有冷有暖，有美有丑，有黑有白，这便是参差的人间。

因了这参差，路便曲折不平，所以，需要我们站稳脚跟，走得端正。

风是树的手指

十六岁的时候我就离开了校园，倔强地去社会上闯荡，却屡屡碰壁，像一个小核桃，被一面墙弹回来，又弹到另一面墙上。那时候，感觉生命为我预支了好多年的雨，整个世界阴雨连绵，看不到一点儿晴天的迹象。

我热衷于写诗，疯狂地，没日没夜地写，越写越晦暗，渐渐就走入了死胡同。有一天突然心血来潮，想给自己的诗都配上画，就去报了一个绘画班。

绘画班的老师是个道骨仙风的老人，他看出我萎靡的状态，和我说，去画一画那棵秋天的树吧，一天一幅。

我按照老师说的去做了。

老师问我，眼前的树每一天都是一样的吗？

我说是的。

"不，"老师说，"今天的树比昨天少了一枚叶子，或者，今天的树上停过一只鸟，这都是与昨天不一样的地方。"

"那么，假如有一天叶子都掉光了，你会说它们枯死了吗？"老师持续发问。

"当然不，"我说，"春天的时候，它们依然会重新发芽啊！"

老师强调，不论将来，只说眼前。任何一棵树在春天都会被认为是涅槃重生，可若只看眼下，你觉得它是不是枯死的？

这个还真不好说了，全身上下已经没有一丝绿色，叶子掉光了，说它枯死，似乎也可以。

可是，还有鸟落在树上，不是吗？鸟也是树的一部分！有鸟在，我们就不能叫它枯树。

那么，假如所有的鸟都绕过它，不再落在上面呢？

那也不能叫它枯树，因为还有风！风也是树的一部分，风是一棵树最敏感的手指，它可以抓住希望。

假如风也睡着了呢？

那也无妨，不是还有月亮嘛！人，总有办法，总是会找到一个角度，让月亮落到那树梢上。

只要你愿意，那月亮总会落到心里，总会让那个希望，不灭。

老师的这一套理论，当时并未觉得可以用来指引自己的心灵，只是觉得新奇罢了。

后来，一步一个脚印地攀爬，总算爬出了那段晦暗时光。

可是命途多舛，中年的时候遭遇下岗——这人生的又一道坎儿横亘眼前的时候，尽管也充满悲伤，但不至于那么慌乱，自己给自己的劝慰就是，一切交给时间吧，时间是一服良药，可以把不幸变成万幸。

朋友也过来开导——一条路没有走通，不必懊悔，那或许只是意味着这条路本来就无法通往你要的幸福。另起一行，重新起步，才能真正找到属于你自己的路。自黑永远是安慰别人最好的方法，他说："家家有本难念的经，你家才一本，我家那可是'藏经阁'啊！"

这些宽慰总能让我醍醐灌顶——已然是深渊，又何惧它再往下沉去几个光年。

这时候再想到老师的那些话，心里便豁然开朗了——只要风还在，那树就是活着的。想起这些年的那些事，心里满满的感动。生死一线的时候，妻子舍命挡刀；抢救室的外面，亲人和朋友们的祈祷；感情危机时，母亲小心翼翼地开导，以及父亲躲在门口焦急地偷听；事业受挫时，朋友一句"大鹅已备好，能饮一杯无？"……这不都是围绕在我身边的风吗？若我千疮百孔，那风，就会把我当成竹笛来吹。

老家的院子里有一棵苹果树。从祖母开始，一直守护着它。那伟岸的躯干，为我们铺设了一地绿荫。在那穷苦的日子里，我们总是靠上面的几颗果子打打牙祭，冲淡一下日子里的苦涩。那是穷人家的树，我们唯一的富有。苦的时候，它缩紧肋骨，也要为我们结出几颗甜来。

　　我在树下，闻到的不只是树上花的香气，果的甜蜜，还有绵延不止的，祖母和母亲，爱的芬芳。

　　在我看来，这棵树就是家和日子的象征，祖母和母亲，用她们母性的风，扇动着温暖和爱，并把它们缠绕在家的四周，一圈又一圈。不管家多么破旧，日子多么贫寒，有风在，活着的滋味就在。

　　我愿成风，也愿为树，我将近五十圈的年轮，足以形成一个漩涡，将我卷入一个叫幸福的巢穴。

捆绑苦难

在那次关于矿难的采访中，我接触到一位被双重苦难击中的中年妇女：瞬息之间，她失去了丈夫和年仅十八岁的儿子。

她在一夜之间变成孤身一人，一个家庭硬生生地被死亡撕开两半，一半在阳光下，一半在尘土里。

两个鲜活的生命去了，留下一个滴着血的灵魂。悲伤让她的头发在短短几天就全白了，像过早降临的雪。

一个人的头发可以重新被染成黑色，但是，堆积在一个人心上的雪，还能融化吗？

那声沉闷的巨响成了她的噩梦，时常在夜里惊醒她。她变得精神恍惚，时刻能感觉到丈夫和儿子在低声呼唤着她。

同样不幸的还有很多，一个刚满八岁的孩子，父亲在井下遇难，而母亲在上面开绞车也没能幸免于难，强大的冲击波将地面上的绞车房震塌了，母亲在被送往医院的途中离开人世。

在病房里，我们不敢轻易提起这场噩梦。这使我们左右为难，主编给我们的采访任务是关注遇难职工家属的生活，可是我们真的不忍心再掀开她的伤口，那一颗颗苦难的心灵简直就是一座随时都有可能爆发的悲伤的火山。

我们沉默着，找不到可以安慰她的办法，语言在那里显得是那样苍白无力，就像一个蹩脚的画家面对美景时的束手无策。

由于过分悲伤，她整个人都有些脱形了。但是最后还是她打破了沉寂，在得知了我们的来意后，她说，活着的人总是要继续活下去的，但愿以后不会再有矿难发生，不会再有这样的一幕幕生离死别的悲剧。

我在笔记本上收集着那些苦难，那真是一份苦差事。每记下一笔，都仿佛是在用刀子剜了一下她的心。那一刻，我的笔滴下的不是墨水，而是一滴滴血和一滴滴眼泪。

在我问到关于以后生活方面的问题时，她做出了一个让我们意想不到的决定，她要收养那个失去父母的孩子。

"我不能再哭了，我要攒点儿力气，明天还要生活啊……"在她那里，我听到了足以震撼我一生的话："我没了丈夫和孩子，他没了父母，那就把我们两个人的苦难绑到一块儿吧，这样总好过一个人去承担啊。"

把两个人的苦难捆绑到一块儿，那是她应对苦难的办法。

厄运降临，她没有屈服，她在这场苦难中懂得了一个道理，那些逝去的生命只会让活着的人更加珍惜生命。

短短几天的采访行程结束了，临走的时候，我去了她的家，我看到她把院子收拾得干干净净，几盆鲜花正在那里无拘无束地怒放，丝毫不去理会尘世间发生的一切。那个失去父母的孤儿正在院子里和一只小狗快乐地玩耍。我如释重负般松了一口气，抬头就看到房顶的炊烟又袅袅地飘荡起来了，那是在生命的绝境中升起的炊烟啊，像一根热爱生命的绳子，在努力将绝境中的人们往阳光的方向牵引，虽然纤弱，但顽强不息。

我知道，在以后的生命中，无论身处怎样的困境，我都会坚强地站立，因为我知道，曾经有一个人，用她朴实的生命诠释了她的苦难——

把两个人的苦难捆绑到一块儿，苦难便消解了一半。

灵魂自有风声

人们追逐永恒的意义，不厌其烦地去询问智者。智者就领着他们来到一处辽阔的石林，说，石林的形成是成千上万年的结果，可是你们知道最早落地于此的石头是哪一块呢？

面对众人纷纷摇晃的头，智者说，去找吧，找到它，就找到了永恒。

永恒不可言说，只可意会。

小和尚犯了错，被师傅罚去房间面壁。小和尚恳请说，可否让我打开天窗？师傅问，为何？小和尚说，天空有风，有云，可以帮我擦掉心中的俗念；天空有星，有月，可以帮我照出心里的妖形。

师傅说，那你躺到院子里的竹椅上去吧。

我喜欢坐在石头上晒太阳。石头背后，暗黑潮湿，是小

虫子们的世界。我坐在阳光晒着的一面，小虫子们在黑暗的
另一面，其乐融融，我们互不打扰。有淘气的孩子，把石头
掀开，看小虫子们惊慌失措地逃窜，奔向另外的黑的地方去。
他们手舞足蹈，我却郁郁寡欢，我想，在表象背后，总有另
一个不同的世界。何必惊动它们呢！

一个瞎子提着一盏灯，在夜路上踽踽独行。他当然不是
为了照路，也不是为了给别人照路，只是，不想让别人撞到
他。他说他不是灯，但不想成为别人的累赘。

如是，你不是灯，但至少，不能去吹灭别人的灯。

隔着几桌人，我一眼就能看出对面那个写诗的人，特亲
切！为何那么眼毒？我想是我闻到了他的骨头香，亦听到了
来自他胸膛的风声。

我想，真正的好境界，定然是窄处生宽，暗处取光，小
中得大。注入灵魂里的风，不紧不慢，吹亮灯盏，恰到好处
地助它再亮些，而不是将它吹灭。

当我与一棵树合影，我希望在树的眼中，我是另一棵树，
值得它们用心之叶片来与我交流的树。

我相信，冷硬的枪口面对鲜花，也会变得柔软。

我披着一件青绿色外套，走到院子里，到那些树中间，
听鸟儿欢快地叫。水曲柳、山槐、五角枫、海棠，郁郁葱葱，
葳葳蕤蕤。一只麻雀，忽然飞上我的肩头，它是把我当成一
棵树了吧。它会不会奇怪，这棵树怎么还会走动呢？虽然我
把自己装扮成一棵树的样子，但不见得比一棵真正的树更有

思想。我觉得它们才是真正的智者——向下扎根，向上伸展，无时无刻不在运动，只是它们的慢动作，我们无法亲眼看见。

哈佛毕业，不找工作。自己砍树盖房子，一个人住在森林，不吃牛排，也不谈恋爱，只喜欢看蚂蚁打架，鲈鱼游泳，倾听猫头鹰午夜嚎叫，读取一只鹌鹑的眼神……梭罗用他的实际行动告诉我们，一个人，完全可以在自己的风声里过好这一生。

有一只胆小的鸽子，不停地窥视我。我到底哪里引起它的好奇呢？一个胆小的，却又充满好奇心的小精灵，是这世上可爱的东西之一。它让我懂得，为一些事物灌入风声，可以让它们轻盈，在风的羽翼上，铺开灵魂的样子。

想起很多年前的冬天，特别冷，教室里只有一个炉子，热量根本不够均匀分散到每一个角落。没办法，只好让同学们不停地换座位，好让每个同学都能感受到一点儿热量。有一个窗户漏风了，我就和孩子们拿一些报纸把它糊起来，无意间发现那张报纸上刊登着我的一篇小短文，便觉有些神圣起来，我的文字也有些用处了，至少为孩子们挡了挡风寒。

我存于世上，略感欣慰。我会老去，但我的文字依然充满活力；我会死掉，但文字会替我活着。我写下这些字，我多么幸运。即便有一天我去了，但只要有人还诵读着它们，那么，属于我的光，就仍在人间闪耀，属于我的风，就仍在人间吹拂。

流　逝

胖婶年轻的时候很苗条，是我们小镇上公认的美人。直到如今，她也总是尽量把腰板挺得很直，这个老妇人在深秋的晚霞里骑着自行车，风吹开她的白发，像一丛白色的菊花。她的后车架上，一大捆葱，幸福地颤抖着。

她每天如此，好几十年的光景匆匆而过。我在那飘扬的白发里，看到了她流逝的青春，遥想她第一次骑车来买菜的光景，羞赧的，不太熟练的，和小贩们讨价还价的技巧，都是她流逝的一部分。

直到中年以后，我才开始变得吝啬起来，不忍心浪费一分一秒。因为我感受到了高尔基在《时钟》里描绘的关于时间的流逝，在滴答滴答的声音里，我们将被剥蚀得一无所有。

这个不停地在流逝的世界，到底是怎样的？

刮了一晚上的风，透过窗子的缝隙，发出"嘘嘘"的响声。早晨醒来，风未停，看天空的白云，被风推着，走得很快。天空被风吹得更蓝了，清朗朗的世界，是被风吹出来的。

推着割草机拾掇草坪的老园丁说，这个世界是草编的。

防汛指挥部的干部，指着滔滔的河水说，这个世界是水做的。

老木匠的仓库里，堆放着很多新鲜的树木的尸体，他正在努力让它们以另外的方式复活。他说，这个世界是木头刻的。

他是个盲人，他抱着母亲，像一堆破棉絮包裹着另一堆破棉絮。母亲此刻，奄奄一息。母亲照顾了他一辈子，而此刻，母亲再也无法照顾他了。他摸到两个鸡蛋，摸到锅，摸到水，摸到火柴，他要救他的母亲，他只能想到让她吃东西。他心中的世界，是用墨汁泼出来的。

和这个盲人相反，画家在调色板上，用五颜六色调和出绚烂的世界。

岳母罹患重病十年，每天需要大把大把地吃药，周身弥漫着药的味道，她的世界，是药堆出来的。尽管如此，她依然毫不慌张，操心着儿女们各自的生活，运筹帷幄，指点江山。

冬天的时候，女儿在雪地里手舞足蹈，在她眼里，世界是雪堆出来的。

妻子喜欢在花海里拍照，她是众多花瓣中的一瓣。面对那些美丽的花，才思敏捷的她，竟然找不出更多的语言去形容，她只说了句，这世界啊，是花儿围出来的。

养老院里的老人们，有的白发飘飘，有的拄着拐棍，有的揣着绝症。死亡已经变得稀松平常，就像他们口袋里的一块手帕，不小心就掏了出来，擦一擦嘴边淌下来的涎水，擦一擦自己墓碑上的遗像。有一位，感觉自己大限将近，嘱咐儿女们把装老衣服备好，顺带着备好了足够他在那个世界挥霍的纸钱。他说，这个世界是纸扎的。儿女们多给他扎了一个手机，还是名牌的。他们说，你在那边没事儿也看看微信，看看人间还有多少鬼话。

不管这世界是什么做的，不可更改的是，它在流逝，因为流逝，所以珍贵。

我们怎样去看这个世界，这个世界就怎样看我们。我们看世界如花，世界就以花香覆盖我们；我们看世界如海，世界就以浪花的姿态撒欢给我们看；我们看世界如深渊，世界就以阴冷的暗影步步尾随；我们看世界如灯，世界就把所有的光热集聚到太阳上面，并通过它回赠给我们。

作家王开岭对我们不懂珍惜当下有个形象的比喻，说我们就像一位懵懂的天使，不断地掏出衣兜里的宝石，去换取巫婆手中的玻璃球。

什么都在流逝，没有什么是可以留住的，包括白天，包括黑夜。我们唯一能做的，就是在流逝的过程里，像一只渺小的昆虫，轻轻地咬住当下，放到嘴里慢慢咀嚼，咬出月牙，咬出星子，咬出一小朵一小朵的美梦，镶嵌到你的余生里。

胖婶又一次骑车从我身边飞过，晚霞作证，她唯一没有流逝掉的，是她的笑容，那是她的标签。我记得，她曾举着一条八爪鱼，对我说，人啊，就得像它一样，不管啥时候，都得张牙舞爪地去抱着你的日子。

一闪而过

不管是坐在火车里，望着窗外快速后退的树木、电线杆，还是站在大地上，看着飞驰而过的火车，或者箭头一般从头顶略过的燕子，又或者，闪电与雷声……生活中，总有很多这样一闪而过的事物，它们像一颗颗星子，璀璨着生命的夜空，又像一粒粒珍贵的米，饱满了我们的日子。

孤独一闪而过。我和雨中的一只猫，在各自的阴影里哭泣。但也仅此而已，我并未给予它温暖，它也没有向我乞求什么。它向左，我向右，分道扬镳。路灯裁剪着我们的影子，有那么一刻，它们重合在一起，好像我们彼此不是分开，而是重逢。

麻雀一闪而过。它们从不飞向云端，那细小的影子，从不孤独地投射在大地的辽阔上，总是结伴而行。或许，它们是鸟类中最喜欢热闹的吧。我们从不担心它们失联，因为没过几秒钟，它们又会从另一个方向一闪而过。而诗人张新泉却在他的一首诗中为一只鸟担忧：

> 一只鸟从空中
> 垂直扎进水里
> 接下来应该是
> 出水、抖翅，叼起一尾鱼
> 让我不安的是
> 那鸟儿不再复出
> 我被愣愣地定在了湖边
> 不知该为某条鱼庆幸
> 还是代替那只鸟
> 慢慢窒息

大雾一闪而过。大雾里，亲人变得模糊，而陌生人，变得亲切。

午后一闪而过。公园长椅上，有人在打盹儿。失眠的人格外珍惜每一次打盹儿，希望这一个个盹儿可以变成一次完整的睡眠，嵌入漫长的黑夜里。有一只狗趴在长椅底下，应该是那个打盹儿人的宠物。它与主人配合紧密，懒洋洋地张开嘴，打了一个圆滚滚的哈欠。

我的碗一闪而过。摔落到地上，幸运的是并没有碎掉，只是有了一个小小的缺口。我不舍得扔掉，虽然有了缺口，但并不影响它盛装米饭，月色，以及星河。

樱花一闪而过。在它盛放的那几天，你要及时赶到，否则只能等待一年之后再来了。这是给赴约之人的忠告。

烟花一闪而过。我放尽一生的烟花，只为给你一个璀璨的夜晚。

火柴一闪而过。小时候，经常看到父亲在夜色里吸烟，一根火柴，咔嚓一声燃亮我们破旧的屋子，现在想起来，那火柴点燃的，是父亲自身。父亲这根烟，被生活大口大口地吸着，满头的白发，是尚未抖净的烟灰。

父亲的泪水一闪而过。他一生都在节省，包括眼泪。唯一不节省的就是自己的身体，透支着血汗，为儿女们遮风挡雨。弥留之际，他终于懂得了节省最后的力气，他不忍离去。人间，每一个披头散发的老父亲，都值得我们躬下身去，紧紧抱住。

悲伤一闪而过。下岗失业那会儿，我一无所长。去一家餐馆给人家端盘子都端不好，老板阴沉着脸叫我走人。我可怜兮兮地转身欲走，老板竟又抛来一句话：再给你一星期，如果还这么笨手笨脚的，就彻底滚蛋。我感激涕零，这就好比一张旧报纸，刚刚被团起来扔进垃圾桶，又被重新拾捡回来，铺开熨平，它还有另外的用途，比如，包裹大酱块子。

我的叙述一闪而过。说实话，我不擅长叙述，更确切地说，是不善于讲故事。所以，喜欢用一些唯美的、诗意的句子，把很长的故事，进行一下精简的概括，这算是另一种意义上的"敷衍"。其实我是很羡慕那些动不动就滔滔不绝、口若悬河之人的，他们的叙述是有趣的，并带着故事性的曲折感。

一尾鱼一闪而过。我在钓鱼的时候，思想出了神。天空、清风、芦苇……这些事物引起我的遐思。这期间，有一条鱼把我的鱼饵吃掉，又因为我的走神而侥幸脱了钩。这多好，两全其美。本来我要钓的就不是鱼啊，而是风、是云、是诗，是那一整天的休闲时光。

我的梦一闪而过。那是午后小憩，我梦见一场大水。我的城市一片汪洋，仿佛回到了人类进化之前。人在水里慢慢生出尾鳍。可是也有一些人，挣扎着从水里爬了出去，总有一些高过水面的树，那里坐满了人，等待洪水退去。我陷入两难之境，是拼命游上岸，爬到树上去，还是安心在水里，长出尾鳍？

远　听

川端康成说，听钟声，太近了反而不好。的确，听钟声离得太近，只能听到钟声，而在远处听，还会有不同角度的自然的回声掺杂在其中，会有一种悠远的意境。

川端康成的身上有两个标签：一个是搬家次数最多的作家，一个是参加葬礼最多的作家。

他一生搬过很多次家，无论是内在的需要，还是外在形势的逼迫，总而言之，他都是一个经常漂泊在路上的作家。

说他是参加葬礼最多的作家，是指他很小的时候，父母双亡，跟着祖母生活，七岁时祖母去世，三年后姐姐去世。亲人相继离世，只有祖父与他为伴。祖父听不见，终日不语，默默流泪，最常说的一句话是："我们是哭着过日子啊！"祖父这样的性格，爷孙俩这样的生活，也影响了川端康成，小小的他生活里全是伤感和孤独。即使这样，他十四岁时，祖父也抛开川端康成，离开了人世。

他在日记中这样写道：我自己太不幸，天地将剩下我孤零零一个人了。然后就是成年后，他的至交——作家三岛由纪夫也自杀剖腹身亡。因此许多人称他是"参加葬礼最多的作家"。

其实这就是贯穿在川端康成身上的两根线：一个是生离，一个是死别。搬家的漂泊，使他一次又一次离开熟人。亲人友人的相继离世，使他不得不一次又一次面对死亡。

寂寞的生活造就了川端康成内向敏感的气质，他的作品也无时无刻不透露出一种深深的虚无和人生的徒劳。三岛由纪夫的自杀，或许是压垮他整个精神世界的最后一根稻草。三岛由纪夫可以说是川端康成一生中唯一的知己，他们亦师亦友。高处有几人？一个身在高处的人怎可能有很多知己，唯一的知己死了，川端康成如同高山流水成绝响，伯牙断琴也如斯。就这样，川端康成再也忍受不了最后的孤独。

对于只身赴死，三岛由纪夫做了精心的准备，比如此前几天他只喝脱脂牛奶，为了防止切腹时大小便失禁，影响美学效果，他在直肠中置入脱脂棉，长三十多公分，可见这是经过相当周密准备的。他死后，川端康成到了案发现场，说："三岛君，你不应该死在这里，应该是我死在这里，可惜我没这个勇气。"这话意味深长，后来他曾这样写："一个人无论怎样的厌世，自杀不是开悟的办法。"然而，谁又能想到，一向反对自杀的川端康成，最终还是选择以自杀的方式离开这个世界。对美过分执着，所以才会急于离开这污秽的世界。因此，川端康成选择以口含煤气的方式结束了自己的生命，在闻讯赶来的急救车上，奄奄一息的川端康成对司机说："路太挤，辛苦你了！"没有人笑这最后的礼貌，这恰恰是川端康成的灵魂之魅力。

　　他的死亡现场洁净无比，甚至连一封遗书都没有。他自己曾经说过，不留下遗书的死，才是最无尽的话语。他走了，干干净净，空余下一片白茫茫的大雪，任后人凭吊。

　　我们用眼睛观察这个世界，可看到的总是不同，没人知道看待世界有多少个角度，但是有一万个人，必定有一万个角度，而川端康成的角度，也许是最美丽的。他曾说：美在于发现，在于邂逅，在于机缘。正是上苍给予他莫大的机缘，才会让他看到世间最美的事物。

　　孤独给了川端康成最美丽的眸子。

　　或许惊世之人必定不是凡物，普通人无法享受他的供奉。所以他经历着一幕幕人间悲剧，不断地参加葬礼。同时，这些苦难也让他学会了用感激和悲悯的目光审视这个世界，世间万物，皆是恩赐，这也许是他儿童时就留下的感受吧。在《雪国》里，这句话也许是在形容他自己——"她好像一个在荒村的水果店里的奇怪的水果，独自被遗弃在煤烟熏黑了的玻璃箱内似的。"

　　也许对于美学的理解各不相同，可是美的终极却都是死亡。三岛由纪夫的美学是暴烈的，是轰轰烈烈的死亡。可是川端康成的美学是情感的极端，是爱情燃烧到极点的高温。也许他们的美学感悟是不一样的，可是当一个人捕获不了美的终极，便会走入歧途。就像在审美心理上得了抑郁症一般。

苦难一次次地近距离地袭扰着他，就像他自己说的那样，这苦难也如钟声一样，远远地听，自有一番看透生死的余韵。

可是他最终的选择却和他的这句话背道而驰，他终于还是近距离地听了一次死亡的钟声，并且掉进那旋涡里，没有再走上岸来。

偏安一隅

　　我居住在小镇，很安静的小镇。像草一样自由自在，不在乎别人怎么看我。当一群草不修边幅的时候，有人会嘲笑那里的荒芜。可若是那里寸草不生，那些人就会怀念起这些草来，哪怕它们邋遢不堪。而更令我感念的，是一株抱恙的艾草，用自己的疼痛，为人间换来一炷止疼的艾灸。我想以此来表达我的写作——偏安一隅，要记住那些卑微的事物，并替它们写出疼痛和泪水；偏安一隅，要像太阳那样公平，把温暖平均分给每一个日子。

　　对于世界的辽阔，我居于小镇，便是偏安一隅。并非没有征服世界的雄心，只是闯着闯着就迷了途，而后知返归来。现实的栅栏是一种围困，也是一种引领和保护，若冲破栅栏，你将获得自由，但同时也将失去护佑。你肯，还是不肯？

　　我并不认为居于这经济落后的小镇就是一种自甘堕落，自暴自弃，相反，我把这种回归看成是自己的又一次出发，只是，由闯荡世界变成了向心底探幽。

　　优秀的舞者仿佛生着翅膀。但真正伟大的舞者，却是戴着镣铐的，为着一份向往而竭力挣扎，才是最美的姿态。偏安一隅，却又向着世界伸长脖颈，在灵魂的舞台上，这像不像戴着镣铐的舞者？

　　傍晚的阳台上，有风，有猫，有鸽子。风偶尔路过，打个招呼。猫，对于幸福总是得寸进尺的。在你怀里拱来拱去，巴不得拱到你身体里去。这就好比，在一碗甜羹里，再一次倒入蜂蜜。一只鸽子的愿望，无非就是天空干净；一个人的愿望，无非就是尘世安宁。

　　我看到十字路口，有人在为死者烧纸钱。一边烧一边念念有词，无非是一些祈求之语。死去的人，稀里糊涂就成了神。可以护佑活着的人升官发财，万事大吉，一顺百顺。与此同时，妇幼保健医院里，一位产妇撕心裂肺地喊叫着，她用喊声拉拽着肚子里的小生命，直到那声啼哭，与她做了最终的回应。那是关于生命的回声，人之初，皆是哭。

　　小巷子里，情窦初开的少年，终于向心中的女孩表白，女孩的一声“嗯”，将他推往幸福的天堂。待女孩红着脸跑开后，他才落回地面。他想大声喊出心爱的人的名字，但他没有，他只是踢着一粒小石子，那粒小石子蹦蹦跳跳，跟着他回了家。

偏安一隅，亦可欣赏到圣托里尼奥的落日，直布罗陀海峡的桥。我将一本书合上，像一个酒足饭饱的食客，并没有立刻起身离开，而是坐在那里漫不经心地回味着，好像在等着店家赠送的饭后甜品，以及递过来的几根牙签。想想看，这份闲适若是没有孕出大学问来，真是该当责罚。

电影《桃姐》里有一句台词："我们经历的磨难，是为了能够让我们更好地安慰别人。"所以，作为一个磨难中人，我把人间的苦难写进文章里，便如同我拥抱了你，用这样的方式进入你的苦难。偏安一隅，并非避世，那是我在用我的文字，一遍一遍地祈祷，并以悲悯丈量人间。我坚信，生命是一场华丽的修行，在救赎别人的同时，也在救赎自己。

偏安一隅，亦离不开大雅大俗之事，看一朵云的无常变化，也看两只土狗的交配；听风从一些事物的缝隙间穿过而发出的天籁之音，也听一只野猫的叫春；写写诗歌，也听听八卦。

我非卧龙，偏安一隅，不为他人三顾，只为自己，可任意地伸懒腰，无羁地大声朗读，我喜欢的诗句。偏安一隅，用最古老的方式，种菜浇园。偏安一隅，做一只懂得"忙里偷闲"的鸟，即便林子里有吃不完的东西，也会抽出一点儿时间，去枝头上唱会儿歌。

待我死后，我的坟墓也要偏安一隅。我对后人说，埋我的地方一定要有一棵树，因为你们来的时候，我的魂魄可以扶着它爬起来。我没有多余的力气了，所有的气力都耗尽在尘世，可是我不想永久地躺着，我还是想挣扎着起身，触碰一下亲人的呼吸。

偏安一隅，不占多余的一寸土地，不贪多余的一缕阳光，容身即可，暖心便好。我在小镇等你们，春天你们若来，我会领你们去看漫山的迎春花；冬天你们若来，先到我的书房喝杯热茶，外面雪大风紧，暂且到我的诗里，避一避。

三分之一秒的遇见

印象中总是停留在那一刻，高考时答完最后一道题，抬头看了一眼挂钟，还有一点儿时间。并没有着急走，合好试卷，静静地靠在椅背上，看着下午的阳光洒在每一个奋笔疾书的同学脸上，看着窗外的操场，侍弄花草的园工，举着水管漫天洒着水雾……那个瞬间，心像一朵云，自在轻盈。没有当下的烦恼，没有未来的打算，尽己所能，顺安天命。树叶轻轻抖动，似乎在与我告别，一切都结束了，一切也刚开始。

一枚硬币躺在地面上，被无数双脚踩压着，没有人肯弯腰去拾捡，甚至于乞丐，都不肯望它一眼。一个小女孩发现了它，把它攥在手心："妈妈，妈妈！"她蹦跳着向着妈妈喊着！她的幸福，就在那一瞬间绽开了。

看啊，一个孩子的幸福，多么轻巧易得。多么廉价，又多么昂贵。

想起小时候，闹钟在早晨六点，揪起我的耳朵，我把没有做完的美梦叠起来，放到衣柜的最里层。母亲做的葱花饼的味道减轻了我对于睡眠的贪恋，母亲说，你再眯一会儿，蛋花汤还没好呢！我就再眯一会儿，哪怕几秒钟，被子里如同母亲怀抱的温暖，总是让我不舍起身。那时的冬天特别冷，天刚擦黑，母亲就会早早把被铺上，好让我们睡觉的时候被子里有些热乎气。一晚上，母亲会不停地给我们掖被子，似睡非睡中，感受到母亲温柔地触碰，每次掖完被子都会习惯性地拍几下。这样被宠爱的时刻，真是令人迷醉。

二十几岁的时候，和女友一同去应聘晚报的记者，复印了自己发表的文章给他们看，结果没有考试就直接被录用了。女友却落选了。我说我们共进退，我也不要这工作了，陪你。女友竟然被感动到了，用返程的车票钱买了一块最大的烤地瓜，她一口我一口，步行着回家。我们看着白云在身边飘过，我们追赶着蝴蝶，任风吹乱头发，我们捡了很多好看的石子，采了许多小野花……路程一共是三十五公里，二十多年后的今天，我们还在那路上。

始终记得，校友们最后一次聚餐，大碗喝酒，大块抓肉，一桌子狐朋狗友，满世界脑满肠肥，嗨到了凌晨也不肯散去。我们像是烧烤架上被慢慢烧开散开的热气，可酒杯一相碰，却又马上变成了啤酒杯上两朵相邻的泡沫，根本没有办法结束。

很久很久以后，再次相聚。明明大家好多年不见，却像才刚下了课一样。原来不想起并不代表忘记，不在一起并不代表不会再见。才知道，曾经，在记忆里吹过的每一阵风，不管是携着热浪的还是裹着凉气的，都是令人留恋的。

你或许想不到，一个亿万富豪的快乐，竟然来自一次汽车在路上的意外抛锚，他让司机等拖车来，自己一个人步行去公司。他惊奇地发现，路边有那么多有趣的店面，他甚至看到了迎春花。

洛夫写过一首诗《问》：

在桥上

独自向流水撒着花瓣

一条游鱼跃了起来

在空中

只逗留三分之一秒

这时

你在哪里？

这美妙的三分之一秒，亲爱的，我多想与你分享！

从小到大，人生都是平常，何来惊天动地。爸在厨房做中午饭，你溜进去，偷偷捻了块刚炒好的鸡蛋放嘴里；从外面回到家，妈正在晾新洗的衣服，屋子里全是柔顺剂的味道；

大嗓门的语文老师，在走廊的尽头向班级走来，一边走一边声情并茂地大声朗读着一篇文章，你听出来，那是你昨天刚刚交给他的作文；睡觉前刷最后一遍朋友圈，暗恋的人突然给你的动态，点了个赞；开会时困得要倒下，同事伸手使劲掐了你一把，可她也正半闭着眼；周五下班，签退的字体看起来何等曼妙，等通勤车的时候，看到了通红的火烧云，和老婆互通微信，问她周末怎么过……

　　平常的一个个感动的瞬间，都像那诗句中不忍舍弃的，美妙的三分之一秒的遇见，它们是一根根火柴，将自己红色的小小头颅，抵向暗淡的生命之墙，照亮记忆，和不可预知的未来。

清澈见底

诗人朵渔写过一首诗：

村口的木匠在打磨一副犍牛的轭
柞木的硬痂，一个完美的弧度
他一整天就在做这一件事情

他的小女儿，美茜，拎着个竹篮
去邻村买来一块豆腐，准备午餐
她一整天也只干了这一件事情

他们不着急，因为还有相似的
第二天、第三天……在等着
他们的生活清澈见底

我喜欢这样只做一件事情的一整天，我喜欢这样的清澈见底，而这样的生活，似乎已经远离我很久了。生活里的各种忙乱令人焦头烂额，"静下来"已然成了一种奢侈。

日子越过越少，而我们对自己许下的承诺却越来越多——等孩子放暑假了，我们就去补一次蜜月旅行；等孩子上大学了，我们就去西双版纳看蝴蝶，或者去西藏，走一走仓央嘉措匍匐过的山路……

有多久没有注视过旋转木马上欢乐的孩子了？有多久没有聆听雨滴落下的声音了？有多久没有仔细地闻过一朵花的芳香了？有多久没有凝视过一朵云了，像那只窗边的猫那样……

仕途中人，有多少初心发生了改变？最初是一腔热血，努力奋斗，想让这个社会变得更美好，更加公平和正义，可是后来，慢慢就变成了——怎样巧妙地最大限度地占一点儿便宜，并且不会沦为阶下囚。

在农村的表哥和我说，他的女儿在上海待不下去了，非要回来。他说女儿总提起在老家的时候，那日子，快是快，慢是慢，心总有个落地的时候，不像在那儿，天天悬着，飘着，急匆匆像赶集一样。

这就像把乡下清澈河水里的鱼放进城市的鱼缸里，虽然也能勉强活着，但没有了精气神儿。

他拼命把孩子往外赶，可是孩子拼命往回游。孩子是有根的。她只想回来过清澈的日子。

那样清澈的日子，在很早以前，葳蕤生香。

很早以前的炊烟，没有人会界定为污染，它们直入云霄，把天空擦拭得越来越蓝。

很早以前的土地，自由生长着各种植物，不必分门别类，不必江湖一统，没有规则就是规则。

那时，我在池塘边上，种了密麻麻、绿油油的莴苣，因为这是小鹅们最挚爱的食物。可是有一天，小鹅们被偷走了，我却不舍得把那些莴苣拔掉，它们自由生长，渐渐地把池塘染绿。这就让我想到一个问题，我们到底是爱着生活赐予我们的礼物，还是爱着生活本身？

那时，拆掉一座旧年的草堆时，总是很虔诚的，因为草堆底下，保不齐会出现几条蛇，那是被我们看重的通灵之物，是可以护佑我们的。惊动了它们，就要安抚好，护送它们安然抵达另外的栖息之所。

那时，一个女孩子为心上人织的毛围脖，可以温暖一个冬天，也可以温暖一座城。

许亿在《旧时光的味道》中写道：十岁的快乐是清蒸，吃的是新鲜；二十岁的快乐是小炒，吃的是生猛；三十岁的快乐就已经是红烧，吃的是回味；至于以后，便是五味杂陈、历久弥香的佛跳墙。

如果时光可以回溯，我希望这个世界，可以把忧伤还给诗人，把希望还给春风，把纯净的雪还给冬天，把清澈的雨还给河流，把南极冰雪还给企鹅，把黑暗洞穴还给蝙蝠，把会哭泣的星星还给夜空……

午后，去收发室取杂志社寄的刊物，看到《诗歌月刊》时，有一种亲切的情绪蔓延开来。很大的信封上贴着邮票，这种"从前"的传递方式令我心生感动。现在什么都"快"，很多杂志都是"快递"而来，而《诗歌月刊》始终以这种方式邮寄着，这难免会有"寄丢"的风险，但同时，我领略了其中的另一番妙境——诗歌，就该以这样缓慢的方式，传递到我们的心上啊！

像一种生活屈从于另一种生活，回头我看见，收发室里苍老的阿婆，正打着全人类的盹儿。而阿公配合着，打着全世界的哈欠。这真是一个慵懒的午后。竟然，如此美好。

我索性也让自己慢下来。放一首舒缓的曲子，静静地，听得见音乐中的任何一滴水声。一片叶子从窗口飘进来，在我的书桌上，我把它当成睡着的蝴蝶，一份不请自来的恩赐。所有人都知道世间没有完全相同的叶子，可是肉眼又看不出来它们到底哪里不同。就像没有人知道，今夜的星星是否比昨天更多了？

此刻，我只想做一匹淡然的老马，一边咀嚼往事，一边慢慢衰微。或许记忆有些模糊，但它的眼睛，清澈得如同一潭泉水。

一只鸟在写诗

一只鸟落在早春的枝头，啄开百朵苞蕾。一树花开，是一只鸟写的诗。

一只鸟落在晚秋的屋顶，叼出一缕炊烟。满院饭香，是一只鸟写的诗。

没有一只鸟能够完整地离开秋天，总要掉一片两片或者更多片羽毛。

叶子是树的羽毛。羽毛是鸟的叶子。

羽毛会落，叶子也会落。羽毛和叶子一样轻盈，羽毛和叶子一样，有翠绿的希望，也有暗黄的失落。

羽毛落得速度或许会缓慢一些，不像叶子，那样急速、决绝，羽毛喜欢在空中打着旋儿，在坠落前还不忘和风调最后一次情。

这些都不重要，重要的是，羽毛是最轻盈的诗句，从它赞美的庞大诗集里，缓缓剥离，分崩离析。

我在一只鸟飞翔的轨迹里，看见了诗——鸟的翅膀，是用来支撑自由的。

作家王鼎钧写过："如果没有诗，吻只是触碰，画只是颜料，酒只是有毒的水……不能没有诗。如果人不写诗，鸟来写；鸟不写，风来写；风不写，蜗牛来写……"

世间万物，皆可为诗，这是一颗怎样纯净的心！

世间藏着诗意。只要活着，就能找到诗。比如你发现了花，我爱上了海，她迷上了雪。

如果你的心藏着诗意，那么云便是长了翅膀的，月便是披了轻纱的，风便是欢笑的或者哭泣的。那云，那月，那风，也都在写诗。

双双在给我的信中说：七匹马的车子停在你的门前，上面装满你要的诗歌。

这是爱人的诗，热烈而又豪迈。

青春是一场大雨，即使感冒了，还盼望着回头再淋一次。如果再给我一次机会，我会依然选择奋不顾身地走进雨里。尽管那场雨，下得惊心动魄。再大的雨，也浇不灭心头为你燃起的火苗。

我不要三月的风口浪尖，我不要四月的众说纷纭，我只要暴雨未曾停歇的夜晚，把你揽入怀中，捂上你的耳朵，告诉你，我摁灭了几盏闪电，挪开了几朵惊雷！

人到中年，再回头才发现，原来只因为有你，那些风雨才来得恰恰好。

当我说，我要给你写诗。那从心口蹿出来的诗句便不再是诗句了，而是一头小鹿，沿着蜿蜒的小径，头也不回地，朝着你的方向踢踏而去。

大米花小的时候，我们在雪地上玩耍，她和我说："爸爸，小心点儿，别踩疼了雪。"

小米粒让妈妈摇下车窗，拧开了矿泉水的瓶子，说要灌一瓶风，然后拧上瓶盖贴在耳朵旁，她说她要听听风的声音。

这是孩子们的诗。

一个妻子，两个女儿，够我写光这世上的纸。她们是我诗歌中的意象，是雪，是花，是呼啸的风，是云层里缓慢行走的月。

世间藏着诗意。胀满双眼的绿，绿得那般凶狠，绿得那样荒凉，绿得那样不容靠近又不可收拾，绿得那样绝决和孤僻。它们袭击了我的芍药、草莓、蔷薇和玫瑰，更用了层叠的势力，千方百计千头万绪千丝万缕地埋没了原有的主人，没有丝毫的不忍和迟疑。

伸长了脖子在飞的野鸭子，翅膀带不动那体重似的，仿佛一下不使劲儿就会掉下来。它们都在天空上飞啊，都在飞越云层，都用翅膀在扇动风。

鸟的叫声，有轻灵婉转的，有自由泼辣的，自然，也有憨态可掬的。

夜里，去抬头仰望吧！月亮在夜空写诗，星星是一颗颗汉字。

讨厌的蚊子也可以写诗——它在我身上，摸索黑夜的开关；

草原上的草对马蹄的爱也是诗——期待马蹄再熨一遍它们的夏衣；

旋转木马的启示也是诗——彼此追逐却有永恒的距离；

哪怕一把旧锁，它的忠告也是诗——如果我休息，我就会生锈。

总听到有人说，世界很大，要去看看，寻找远方和诗。其实，很多旅行并未给你带来真正的愉悦和感动，更别说对灵魂的触动。

除了几张照片和晒黑的皮肤之外，你所得无多。

现在的人们，把旅行当成时尚，在我看来，不过是另一种意义上的附庸风雅罢了。从来不去旅行的伊壁鸠鲁，在自己的花园里寻求的东西，我们的旅游者却要到国外去找！

那些所谓寻找诗和远方的人也一样，你的灵魂若是龟缩不前，即便身体走得再远，也写不出一首好诗来。

写出一首诗是心灵沉淀和发酵的过程，不管最终是否完成，只要我们走在这条路上，这本身就很美。比如此刻，我看到一堆白云一样的羊，一堆烧得东倒西歪的火，一口摇曳得乱七八糟的散着香气的锅。

你能说，那两个举杯对饮的人，不是诗人吗？你能说，他们的心，没在远方吗？

你能说，他们的心上没停落一只鸟吗？

我是我们的偏旁

　　███████　灯是灯笼的灯，去向不明；我是我们的我，扎根于此。

　　巴枯宁说："我不想成为我，我想成为我们。"我是小溪，我们是海。小溪只能孤独地蜿蜒慢行，海却具有吞噬一切的力量，团结的力量。

　　两天前，你终于还是没能战胜病魔，独自离去了。你是与我灵魂相吸的少数几个人中的一个，我困在离别的悲伤里，难以自拔。该怎么形容你的离去？茧上的丝，一根一根抽走，你能想到，那种绝望。不是花离开春天，是香离开花；不是水离开河流，是鱼离开水。

　　你走了，我便是残缺的我们，我是我们的偏旁。孤独的偏旁。

　　从"我们"中抽身而出，带着撕裂感。我不知该如何形容你的离去，我花了极大的气力，才让自己稍感平复。

如果"死"是不吉利的，我愿意把这个汉字五马分尸。我们铁了心说要一起终老的，可如今，我只能试着从乌龟的胃里，取走秤砣。

时下里，越来越多的老年人开始喜欢搭伴儿养老，几个要好的朋友去同一家养老院，条件好一点儿的，建造一个类似于小庄园的场所，要好的朋友都生活在一起，彼此有个照料，最主要的是彼此能取个暖。生命的最后时光，灵魂相近的人，要一起走。

我们也有过那样的愿望，只是，我们刚刚翻过中年的山峰，你就私自跑掉了，放了我们的鸽子。

某一刻，我数起了一生的悲欢。欢乐无多，悲却不少。比如，一生都到不了的地方，永远不会与我和解的生活。比如，久久伴随我的那些不安……它们，有些是我的，但更多的，是我们的。

我不过是拿着话筒而已，发声的，是我们。

我是我们的偏旁，我在这里写下的，就是我们心里想说的——

所有的凋零里，都埋藏着一场盛大的花事；所有的漂流里，都激荡着无以复加的安稳。

一生中相同的日子太多，多得让我们想不起来去珍惜，一场叶落或者一次花开。我接住一片叶子，就跟着它经历了一次死亡；我扶起一棵幼苗，就跟着它获得了一次重生。

车站里有各种各样的人，就是没有了我要找的你。

晚睡的人，都是宽恕了孤独的人。

有些人在爱的时候，也像在恨。

孤独是一味药，可以治疗孤独。

太阳西沉，人世的幕布每天都要关上，送别一些人，第二天再拉开，迎接一些人。

这世界从来不缺少值得歌颂的事物和爱，也不缺少诅咒和恨。

…………

老了，爱重复说话，我写下的这些，再也无法当面读给你听，但我知道，这些孤独的想法，你一定还是感受得到。

老了，爱随手关灯，爱打盹儿，可是夜里又睡不着。看着对面楼的一扇扇窗子，次第关了灯，慢慢地，全都关掉了。我望着它们，想象每一扇窗子里发生的故事。喜欢趴窗户的胖小子，从婴儿到少年，是我一路看过来的。爱吵架的夫妻，吵了十多年，两个人的脾气还是没有一丁点儿的改变。剧情经常会重复，有一种恍若隔世之感。常青藤又高出一点儿，马上就爬到第五层楼的窗边了，这是唯一的变化，提醒我，日子向上爬着，离阳光又近了一寸。

我们的生命里有太多的石子，有些是你自己捡的，有些是别人给你的，那些冷言冷语是石子，那些嘲弄和诋毁是石子，每一颗都会令你头破血流。

生活有很多不平，这些石子，是不是可以派上一点儿用场？

人浮于事，多半需要自救。我们看似平静，却没有人知道，我们内心的水深火热。

我拿着话筒，我们在发声。我是我们的偏旁，我们是我的岸。我若凋零，我们便临近枯萎。我们若离散，我便提前把哀歌唱遍。

我很冷，我想你能回来，陪我猛灌两碗酒，就着三两风，几片雪。

我很孤独，我想成为，我们。

省　下

诗人叶申仕写过一首诗《省下一半》：

....

省下我的一半人生

赠给正在死去的病人

和在被正义的枪口顶住脑袋的罪人

他们的余生将时常忏悔

关于信仰、理想和爱与被爱

死神的椅子已经为我省下一半的位置

正等着我坐过去，谈论天气和欲念的关系

谈话的最后，他赐予我一双诗人的手

在墓碑上刻下，我的虚构的

另一半人生

敢于把自己的一半都奉献出去，这是一份多么伟大的慷慨！当这份慷慨从灵魂里淌出来，那就是珍贵的血液，甚至是骨髓，是心口窝关乎生命的一块肉。

我们都是粗心大意的人，每个人都不小心地丢失过一块糖，一封信或者一串钥匙，这让我们总是不停地后悔，就好像我们把一半世界都丢失了一样。有人说，诗人是疯子，其实他们并不疯，他们只是甘愿用自己的灵魂，为我们赎回人世间丢失的美好。

比叶申仕更狠的是李小洛，别提半个了，她干脆整个都要省下：

> …………
>
> 省下我坐的车辆，让道路宽畅
>
> 省下我住的房子，收留父亲
>
> 省下我的恋爱，节省玫瑰和戒指
>
> 省下我的泪水，去浇灌麦子和中国
>
> 省下我对这个世界无休无止的愿望和要求吧
>
> 省下我对这个世界一切的罪罚和折磨
>
> 然后，请把我拿走
>
> 拿走一个多余的人，一个
>
> 这样多余地活着
>
> 多余地用着姓名的人

读完这首诗，我感觉自己也是多余之物。此刻，只想成为芦苇，成为枯苇叶，烂在季节里，被河水收走。

一种强烈的内省，是诗人们赖以为系的绳索，诗人的向上就是向内，不停地挖掘，挖掘，试图从地球的另一面，把阳光引出来。

公园的长椅，有些凉。但我知道，它们藏着一些流浪汉的体温。所以，我想省下一床被子，并在里面絮满阳光。

苦命的麻雀落在白杨的肩头叽叽喳喳，把大半生的愁苦倾诉个遍。可是白杨并未传授给它们抵御苦难的办法，只是告诉它们：不论如何，腰不能弯下去。所以，我想省下几粒粮食。告诉它们，腰不能弯，但可以偶尔低头。

一只小老鼠形单影只，妈妈或许遭遇了不测，它无家可归的样子，让我想起自己离家出走的日子。所以，我想省下一块奶酪。

祖母临终的时候，紧握我的手，就这样把仅有的体温全部流向了我。所以，我想省下三分之一的青春，延缓她垂危的命。

稻田里单腿站立的稻草人，总是让人无比伤感，仿佛举目无亲的流浪儿。所以，我想省下一串儿欢笑，挂在它的胸前。

他得了肌无力。渐渐地，一点儿力气都没有了。他坚持自己用筷子吃饭，尽管每次都很费劲儿，但他执拗得很，他说，等有一天，他无法再使用这双筷子了，就会结束掉自己的生命。他活着，只需要一双筷子。

所以，我想省下一只臂膀，替他有力地握紧一双筷子。

露珠很小，可是它却藏得住万物的身影。就如同我是渺小的，你不必要求我伟大。我只期望遇见几个内心荒凉的人。我备了酒，备了花香，备了薄如蝉翼的月光，只待与他们相遇，再一一开启。

我在人间删繁就简。省下真实的以及虚构的美，省下一切修饰的词汇，乾坤朗朗，万物高洁。风省下风。月省下月。灰尘省下灰尘。我省下我。

叹息的尾音

老区政府院里的房子拆了，改成了停车场，一棵老槐树孤零零地不合时宜地站着，树枝上挂着几只灰突突的麻雀，好像挂着叹息。

我把纯洁的百合插到了不干净的瓶中，再看那百合，似有一份幽怨的叹息。

我的眼前经常出现的一幕，是童年的一个冬天，母亲抱着生病的我，走在大月亮地。因为没有从亲戚那里借到一分钱，母亲发出轻叹，轻轻拭去眼角的泪，不让它落到我的脸上。那微弱的叹息的尾音，在我稚小的心灵上，拉扯出一根琴弦。

人们喜欢小丑的表演，乐得前仰后合。但人们喜欢的不过是小丑的面具，以及滑稽的动作，似乎他越倒霉，人们笑得越放肆。没有人知道，面具背后，有着一张悲怆的脸。他收起悲戚之色，咽下叹息，用谐谑告诉我们——身处困顿之中的人，虽然对生活失望，但依然要怀有期待，就像每天的生活，虽然无聊却又总是向前。芸芸众生，哪个不像蚂蚁？虽然卑微，却依然昂首挺胸地上路了。把恨交给江河，把爱委托给玫瑰，把愿望托付给流星。不论人生进阶到何种境况，都会继续给亲人磕头，对君子抱拳。

别人在生病时，都学会了咯痰，而我却学会了如何忍住咳嗽和叹息。可是那痒和疼，像一只蚕，昼夜不停地撕咬着人间最后一片桑叶。

不敢让爱我的人跟着担心，所以，我要小心翼翼地疼痛。

岁月走得太快，快过人间每一位母亲的针线，父亲的铁锤。人过中年才终于明白，人生最美的东西都在背后。往后倒一小步，就可以扔掉拐杖和老花镜。再倒一小步，还抱得动小孙子。再倒一小步，就能避免高血压、糖尿病。再倒一小步，就可以继续写激昂的字。再倒一小步，青春就扑面重来，酒、诗篇和爱情，一一都回来啦……

此刻，不再有别的奢念，只想做一个身无疾患之人，任由杂草丛生。不再计算自己的余生，能吃一整个苹果，血糖平稳，不用再看再听，爱着的人们的脸色和叹息。

缭绕的烟圈是一支雪茄的叹息，抖颤的灰烬是一片纸的叹息；

蛀虫是一枚果的叹息，落瓣是一朵花的叹息；

晚霞是白日的叹息，流星是夜晚的叹息；

硫黄的味道是烟花的叹息，漫天的蝗虫是庄稼的叹息；

"5·21"的泛滥是爱情的叹息，"120"的鸣笛是生命的叹息；

江郎尽处是才子的叹息，朱颜辞镜是佳人的叹息……

小路是大路的叹息，但正因为白天数条小路的不断探寻，纠错，才成就了最后笔直、宽阔而平坦的大路。

美人倚过的栏杆，停过蝴蝶，也停过叹息。

当那棵树上鸟巢里的蛋被掏光了，我听到了那棵树悲凉的叹息。

白云的担架上，担着蓝，仿佛担着虚无和叹息。

甘甜的蜜桃，你只尝到那蜜一般的汁液，可否听到那苦涩的桃核里，小小的叹息？

一些落叶，还不够金黄，所以被时间的银行拒收。只能飘散在小一点儿的储蓄所门前，腐烂在自动取款机边。你是否听到落叶的叹息？

风，呼啸而至，所到之处，一片狼藉，倒的倒，歪的歪。人间许诺给我们的安宁，此刻，要通过大风之手夺回去。

稻子们被吹倒，但叹息来自农人，他们在收割的时候，又多了一道程序——先要把它们扶起来，用锃亮的镰刀，托着它们的腰身，把它们搂在怀里。像刚出生的婴儿扑进母亲的怀里，而后，被麻利地割掉脐带。

　　生活落下的灰，会蒙住你搜寻幸福的双眼，但别忘了，你感知幸福的方式，不仅仅是靠眼睛，还要靠触觉、味觉、嗅觉、听觉，甚至是第六感。所以，叹息之余，要向一粒米学习颗粒归仓的集体精神；向一滴水学习滴水藏海的深邃；向一件棉袄学习负日之暄的小得即满；向草木学习内敛与谦卑；向布鞋学习走路；向一首歌谣学习亘古不变的规则——天留下日月，地留下人，人留下子孙，佛留下经，草留下根……

路灯要天亮了才睡

　　朋友一再催促我赶赴一个酒局，我说，下雪了。

　　"那我开车去接你。"

　　"不！我是说一连两个冬天，只下了这么一点儿雪。我想陪着它。"

　　如果你悲伤难抑，那就匍匐在地，听一听城市水泥路面下涌动的水声，或者闻一闻乡村泥土的芬芳，就不会太难过了。你会觉得，一个故事里的生离死别，转到另一个故事里，或许就变成了久别重逢。

　　诗人人邻说："去过太多地方的人是可耻的，热爱的世界，应该小一点儿。小到只有几块石头，几棵树，半坡花草，一溪流水，一间茅屋，一块荷锄可以果腹的田地。"

热爱的世界，应该小一点儿。像一只小虫子，从它热爱的花蕊上爬过，沾满这世间的蜜。

渺小的虫子，借一阵风就能上天，也能被一滴雨打入地狱。

一枚郁金香的花瓣永远地合上了，一只蜜蜂没能逃出来，永远被关在里面。但我们无法预知，这只蜜蜂是悲伤的，还是幸福的。

深山寻古寺。我不向人打听这山上是否有寺庙，或者问询寺庙的具体所在。而是仔细谛听，是否有梵音漫过；仔细闻，是否有佛香飘来。这是我向一座寺庙靠近的最佳方式。

有些事，你在意，那就是段巨大的纠缠在一起的藤蔓；你不在意，那顶多是根打了结的头发丝。

如果你足够勇敢说再见，生活就会奖励你，一个崭新的开始。

我注意到，绿皮火车启动时，一瓶满当当的矿泉水，看不出晃动，而喝掉一半的，却晃动得厉害。看吧，那些剩余的、无用的悲伤，总是格外显眼。

　　你所付出的一切努力，都不会浪费。它们会以各种形式回到我们身上。比如，你昏天黑地跑步、健身，肌肉和健康就回到了你身上；你兢兢业业侍弄着你的花园，花香与鸟鸣就回到了你身上……

　　山上的梅花很冷，但它并不蜷缩，依然把自己孤零零地推到冰天雪地之中去。

　　梅花有多香，天气便有多寒冷。反过来说，天气有多寒冷，梅花便有多香。

　　山上有一庵，名曰止水。中有一尼，二十有余，清丽无双。庵外桃花开得正盛，越发衬出女尼的清冷。但某一日，有人见小尼折了一枝小巧的花，不禁讶异，她没有头发，会把花簪到哪里呢？结果是，小尼把那枝花，叼在了嘴上。

　　止水之心，终是一种假象吧。但是假象又何妨，一帧美景在世上飘过。

　　平整的路面上，一小堆沙砾，显得如此碍眼。它们的多余，就像一件新衣服上的补丁。直到有一天，那路面上出现了很多坑洼，这些沙砾便派上了用场。存在即合理，不要太急于去界定一件事物是否多余。

　　多年前，我在门前栽下一棵果树，如今，枝繁叶茂，长到四层楼那么高。没结果子的时候，四个楼层的人都在咒骂，嫌它过于茂盛的枝叶，遮挡了他们的阳光。但是果子成熟的时候，他们站在阳台上就能摘到，四楼的递给三楼的，三楼的递给二楼的，二楼的递给一楼的，吃到嘴里，是甜的，那诅咒也随之变成了赞美。

一个人的态度，是由多少既得利益而决定的。

我写出一只鸟，鸟鸣就飘进心里；我写出一朵花，花香就弥漫心间；我写出一首诗，光就住了进来。

我养了一只小猫，很精心地照顾，像照顾我的女儿一样。它不像我的女儿让我感到沉重，最起码，它不用上学，不用去才艺班，也不会出嫁。

如果说话被人打断，那就听对方说。闭上嘴巴，敞开耳朵，并不影响我们在大地上沸腾地活着。

一位老哲学家总结出的生命意义是：上苍派遣一个灵魂到世上来受苦，然后死亡。可是由于这个人的努力，他所受过的苦，后人不必再受。

从这个意义上来说，那些先走一步去了天堂的人，是不是就带走了另外一些人的一部分苦楚？

妻子在网上淘了一些花籽，然后每次走山的时候，就把这些花籽向山路两边扬撒开去。过了一段时间之后，就有很多花冒出来。没有人知道这山上为什么凭空多出这么多的花儿来，难不成真有"仙女撒花"？只有妻子在山路上走的时候，美滋滋地听着人们对那些花的赞美。

米粒儿把灰突突的麻雀看成是喜鹊，她说，你看麻雀多么欢快，多么喜庆，所以我才叫它喜鹊啊。而另一个人呢？他经常说，喜鹊这么喜庆的鸟儿，应该是彩色的才对呀，怎么就都是黑白的呢？都说看到喜鹊会有喜事儿，可是他看到喜鹊却高兴不起来。

一只鸟，除了羽毛，它灵魂里的颜色，很少有人能够看到。

傍晚，带着米粒儿去公园散步，天慢慢黑下来，路灯一排排亮起。米粒儿说："路灯好辛苦，它要等天亮了才睡。"

是啊，路灯要天亮了才睡，负责启悟的人，要一直醒着。

风筝的心

　　又到了放风筝的季节，可是我城市的上空却空空如也。莫非是与这城市积下了太多的仇怨，连云都躲藏起来，不肯给城市的天空一点儿梦想的色彩吗？

　　而我依然仰望，寻找那些飞翔的痕迹，寻找那只要一点点风就可以抖擞起精神来的风筝。

　　再次见到风筝，是在三月最破败的小巷。一些蓝色的白色的紫色的欲要飞翔的念头，被一群孩子嫩小的手提着，轻轻地，飘在一人多高的风里。

　　孩子们必须奔跑，因为只有奔跑才可以带来风。

　　老人们说，放风筝可以放掉人心中所有的烦恼和晦气，只剩下美好的愿望。人们相信，这些用心灵里最珍贵的情愫扎出来的梦想之鸢，可以把种种美好的愿望传达给上苍。

　　小时候没有卡通没有电脑，却有广阔的草地放风筝。如今，孩子们有了各种各样的玩具，却再也腾不出时间和空间纵情奔跑，纵情释放他们的梦想。所有的时间都被各种补习培训填充，所有的空间都被钢铁水泥占领。在这个简陋的巷子里，我看见风筝精疲力竭仍无法飘过城市的额头，气喘吁吁仍无法惊动半点儿尘俗。

孩子们在巷子里终于跑累的时候，其中一个把风筝举过头顶叹口气说，有风多好，有风它就能飞上天空了。另外几个孩子也如泄了气的皮球，蹲到地上，不停地抱怨着——

风都哪儿去了？

风都哪儿去了？孩子们的话让我不禁一怔。风，被高高密密的楼群阻隔在外面；风，被机器的轰鸣赶往别处；风，藏在遥远的记忆里；风，躲进有歌谣的童年。小时候，我的风筝可以放得比云朵还高。在那么高的天空上，我的风筝和白云窃窃私语，那是我儿时最美丽的花篮，一直在我的记忆里晃来晃去。

风筝飞不起来，然而它们却是这座城堡里唯一长着翅膀的鸟了。它们醒着，心怀世界上最单纯的愿望：只要一点点风，只要一点点可以飞翔的天空。

天空不冷清，风筝不冷清，冷清的只有风筝的心。风筝，这春天里的邮票，何时能为孩子们邮寄来春天？

不知为什么，看着这些无法飞上天空的风筝，我的心里异常难受。尽管这是一些廉价的风筝，用最普通的材料制成，用不了几块钱就可以在任何一个商店里买到，但我还是希望它们能飞起来。这种希望点燃我心中隐匿了许久的渴望飞翔的念头。我对孩子们说："明天早晨在这里等我，我领你们去一个可以让风筝自由自在飞翔的地方。"

那个晚上，我挑选了最结实的竹签和最漂亮的桃花纸，精心制作了一个美丽的风筝。这是对童年的牵挂。我尽可能地将生命中所有美丽的色彩都绣到风筝的翅膀上，再扯一根长长的思念的线牢牢拴住它。我知道，我的童年不会走得太远。

风筝上的那些花朵，鲜艳得就像那群孩子的脸。我仿佛听见了风筝在说：

给我一点点风，给我一点点与梦有关的颜色。

第二天一大早，我带上亲手制作的风筝领着孩子们去了广场。广场上人头攒动。

孩子们小心翼翼地打开风筝，小心翼翼地打开自己，然后奔跑、奔跑，风来了！风筝飞上了高高的天空！

我手中的线轴飞快地旋转，我的风筝追上了云朵，正在向它打听童年的消息。

很多人站在那里不再走动。

很多人仰起了头。

很多人高声喊着："快看，多美的风筝！"

那一刻，我感觉到，适合风筝飞翔的风来了。那些安静的、优雅的心灵回来了。

其实，它们从来就不曾丢失，只是有待呼唤。

镀着阳光的金项链

那是一张永远无法定格在胶卷上的脸，那是裱在摄影家心底的一张照片。

那是一群贫苦交加的人们对美好生活的渴望。

那是很多年前的事情了，因为我的摄影家朋友略微懂得一些非洲语言，所以争取到了随同新华社的记者去索马里难民营采访的机会。他一直有那样一个愿望，要用相机记录下难民们一个个水深火热的日子，唤醒全世界的善良来拯救这样一群在死亡边缘挣扎的人们，他们有黑色的皮肤，有褴褛的衣衫，有在贫苦中依然闪亮的眼睛……

那是一个怎样的居住地啊，像城市里某个垃圾处理场，臭气熏天，尘土飞扬，战争让他们流离失所，饱受了上苍揣在口袋里的所有苦难。

在那里，他摸到了儿童们瘦如鸡爪的手，听到了老人们临终时的哀号和呻吟，看到了妇女们惊恐的眼神……这些都在他的心底烙下了深深的印记。那里的每一个人，随时都有可能死去。一粒药片比一粒金子更珍贵，一次小小的感冒引发的高烧就会将人推下生命的悬崖，死亡就像很随便的一堆篝火的熄灭一样，平常得已经不能让人感到伤痛了。

但让他无比惊讶的是，在他决定给他们照相的时候，不论男人们还是女人们，都纷纷去洗脸梳头，把自己收拾得干干净净的，似乎是要赶赴一个节日一样。他想：再贫苦的人，对生活也是充满向往之心的。

其实，他们是在为自己守着那最后一点儿尊严，让全世界都尊重的，非洲的心。

我的摄影家朋友倾其所有，为他们照满了整个口袋里的胶卷。就在他要离开的时候，一个小姑娘跑过来拽住了他的胳膊，央求他为她照张相。他看到她将自己收拾得干干净净，特别是她的胸前，竟然还戴了一串金光闪闪的项链，她似乎看出了他眼中的惊讶，笑着对他说了项链的秘密。原来那是她用泥巴搓出来的一个个泥球，然后用花粉涂在外面，串成了项链。

就为了做这个"项链"，她才耽搁了照相。

他拿着相机的手在颤抖，他不能告诉她相机里已经没有胶卷了，他不能让这朵开在人世间最苦难之地的花在瞬息之间就凋谢，那是一颗真诚地热爱着生活的心啊。

她对着他的镜头绽放着灿烂的笑，他也不停地摁着谎言的快门，用一个个闪光灯骗过了她的期待。非洲女孩黑黑的脸和灿烂的笑，在那一刻永远定格在了摄影家的灵魂里，再也剜不掉。

回到大使馆后，摄影家想尽办法向工作人员要了几个胶卷，他的心很乱，迫不及待地要求再回到难民营一趟，他想为那个女孩补照几张照片，前后辗转了约有二十多天。他不知道，这二十来天，一个满怀期待的生命就走到了尽头。

她纤细的生命一直在飘飘荡荡，一次简单的感冒，就让她永远地睡着了。

小女孩躺在母亲的怀里，已经离开了苦难的人世，胸前的那串项链依然镀着阳光的色彩，刺得人的眼睛有种无法回避的疼痛。

那母亲说，这二十天是孩子最快乐的日子，她每天都在盼望能看到她的照片，看到自己在灿烂的阳光下，像花一样开放。

那母亲说，她临终前的最后一句话还是在问：中国叔叔来了吗？

这就是生命。在那最贫苦的地方，一颗苦难的灵魂涂抹上阳光的色彩，变成珍珠，串成了美丽的项链……

对美的向往之心，让这个世界重新看到了自己的希望。

听一朵花在说些什么

如果遇见 朵心仪的花，不妨坐卜来，听听它在说些什么。

听它说，风的熨帖；听它说，光的惬意。听它说，岁月；听它说，天涯。

只要你愿意，你可以走进任何事物，你思维的触角神奇无比。当你走进那虚幻而又真实的城堡，你是否闻得到那属于自由的，灵魂的香气？

听它说，缓慢地生活。不是每个人都可以成为参天大树，更多的时候，你是一棵小草，一朵小野花，可这又何妨？这并不妨碍你去倾听天籁。

周末回了趟老家，一个叫勃利的小县城。当地人说，近几年经济萧条，消费形势自然也不好。中心商场，一楼最显眼的柜台空着一半。假日里街上只有零散行人，蜿蜒前行。

街道尽头，几年前常吃的热面馆还开着。大中午只有店主一人，有一搭没一搭抱怨着，人少了生意不好做，说不定哪一天就不做了，去南方走走。

店主有个五岁的小女儿，下过雨后，总爱在店前窄小林带里挖蚯蚓，攒很多带回面馆。大人没发现，就埋到花盆里。被发现就挨顿骂，再等下一场大雨。可她家里的花总是开不长。因为虽然蚯蚓可以松土，但是盆内的土壤面积小，蚯蚓繁殖速度很快，虽不咀食花木根系，但是许多蚯蚓缠绕在一起在盆土中造成很大的孔洞，使根系与盆土脱离，无法正常吸收水分，所以小女孩的做法看似宠爱实为毒害。小女孩显然不明白其中道理，她只认准这蚯蚓会松土，会让她的花开得更好。

店主告诉我，小女孩先天性聋哑，只能活在自己的内心世界里。

可是我看得出来，小女孩有她自己的快乐，她经常捧着她的花，放到耳边，好像在倾听什么，这样的举动常常让父母摇头叹息，但我知道，她的内心是一座巨大的宝藏，那里蕴藏着无穷尽的景致，闭上眼，她便可以周游世界，历览人间。

她拘谨的内心，是盈着香气的。快乐的心，是一颗颗小石子，揣着它投入生活，再冷寂的湖面，也会泛起微澜。

我感动于这小女孩的执着，她向我传递道义，我愿我的善良，与她整齐划一。

　　小女孩的世界多么干净而幸福，和她比起来，大人们的烦恼无以复加，增高鞋垫无法拯救的身高，饿得头晕眼花也甩不掉的脂肪，庸常的面貌，平凡的出身，几乎为零的才华，随时爆炸的性格，间歇性的抑郁，银行卡里的可怜数字，挥之不去的猜疑，周围人的春风得意……这世界仿佛一场灾难。

　　看着小女孩蹦蹦跳跳地在面馆门口进进出出，对着我绽放比阳光还灿烂的笑脸时，我知道，这人间可以冷清，但不能荒凉.哪怕只剩一朵花，也可以迎风飞舞。哪怕只剩一个人，也可以蹲下来，闻一闻那朵花的香。

　　雨果对待死亡的态度，对人的幸福具有重要的指导意义。年迈的雨果看到周围的朋友相继去世了，他喃喃地说："现在该轮到我了，我也要去了。"他写道："我的生命之线太长了，它颤动着，就要挨利刃。铁石一样心肠的收割人，拿着宽大的镰刀，沉吟着，一步一步，走向剩下的麦田。"可以想见，当雨果真的面对死亡的时候，他的内心和脸上也会充满幸福。既然死亡是再自然不过的必然过程，我们又何必为此而忧伤和恐惧呢？要做一个幸福的人，不仅要好好地活，还要痛痛快快地死。

　　我从雨果的话里得到启示，假如有一天，我即将离去，亲爱的人们无需到场，给我一束花即可。

　　我在想，简单地用一朵花为我送行，我的死亡，是不是也有了芳香的味道？

　　此生和来世，我都愿意，见到花，便抽动鼻子，见到蘑菇，便蹲下身躯。

妻子是调剂生活的大师，她告诉我，即便生活是一团乱线，没头没尾地缠绕、吵闹，我们也一样可以优雅地周旋，游刃有余地，让那灵魂触及月光。

法国作家弗朗索瓦兹·萨冈说："在某一栋黄色的房子里，所有的楼梯和阳台都突出在屋外，某种东西使您想坐在阳光下，想去偷果子，想用接连几个小时去谈论一件极小的事情。"

我的脑海中便满满都是小女孩托腮凝望花朵的样子，有欢欣，有鼓舞，也有忐忑和失望。

花落了，不是它的生命要凋残，而是你起身离去，再不回过头来。

再回老家的时候，我决定要送一盆极好的花给那个面馆的小女孩，并且用手语告诉她蚯蚓不适合放在花盆里的道理。还要告诉她，只要用心听，就可以听到很多花的秘密。听到它的欢喜和悲伤，听到它的明媚和忧郁，听到它起床时伸着懒腰打着哈欠，甚至，听到它睡着的时候，四散开来的鼾声。